MARTYR LUTHER QUEENS

DU MÊME AUTEUR

DAMNÉ EN ANNÉES, Editions Kusoma, 2017

KEMIT

MARTYR LUTHER
QUEENS

© 2019, KEMIT
Graphisme de la couverture : Kusoma Group
Mise en page : Kusoma Group
Image de couverture : © Bizenga
ISBN : 978-2-37612-024-7

A ma grand-mère « Maité »,
la première héroïne de ma vie
A ma mère, cette belle, brave et tendre reine
qui m'a donné la vie
A mes frères et sœurs
Et a toutes mes tantes…

A mes héroïnes d'une autre terre
A maman Daba, ton cœur est un don de Dieu …
A tata Anta, ta lumière me va si bien
A Tata Aisha, ton sourire est inimitable
A tata Dly, la bonté est ton plus beau pagne
A tata Andrée Marie, La lionne et femme intègre

A Estelle, parce qu'on a tous besoin d'une étoile
A ma Pauline, la Nunu du design
Sans oublier les oubliés.

« La résilience, le courage, la patience, l'intelligence, la volonté, la force, l'engagement, le pardon, l'enthousiasme, l'amour, la lumière, la philanthropie, la générosité, sont quelques-uns des mots qui me viennent en tête dès que je pense à madame Oprah Winfrey, qui brille en faisant briller les autres... Elle force l'admiration. »

AWA LY
CHANTEUSE ET ACTRICE FRANCAISE
D'ORIGINE SENEGALAISE

LES DIFFERENTS PARTICIPANTS

CHARITY CLAY : professeure adjointe de sociologie et chef de la concentration en crime et justice sociale à l'Université Xavier de Louisiane (États-Unis)

AMINA SECK : écrivaine sénégalaise, auteure du roman « Mauvaise Pente »

WAAMEEKA SAMUEL-AHEVONDERAE : Diplômée de l'Université Howard, activiste passionnée de Panafricanisme

FILLY GUÈYE : diplômé en Sciences de l'administration des affaires à « Morgan State University », chorégraphe et membre d'associations éducatives

SIMON KOUKA : Artiste rappeur sénégalais, membre fondateur du mouvement citoyen sénégalais « Y en a marre »

META DIAKHABY : Activiste et Blogueuse franco-sénégalaise (Paris, France)

Préface

Honneur à toi Kemit, fils de ta mère Koumba et digne héritier du patriarche Mboumba, mon parent maternel de commune lagune.

Arrière petit fils de Simbou,

Arrière, arrière, petit fils de Maroundou,

Arrière, arrière, petit fils de Bivigou,

Elle-même descendante de Mame Bouanga,

L'ancêtre commun des Punu,

Clamant ta fierté d'être le fils de tes flamboyantes « Mama Africa », ta voix nous avait d'emblée captivés.

Funambule de la parole dite de compagnie, tu l'as rimée, slamée, chantée, sauvant de l'oubli ces amazones, noires, belles et rebelles.

Aujourd'hui, chantre du partage et de la solidarité, et surtout de la diversité, tu invites nombre de tes sœurs, de langues française ou anglaise, à illustrer par une mosaïque de récits, et d'images fortes et belles, les hauts faits de Dames noires ayant en partage nos vertus de "jom, fullë, fayda, fitt" [1]

Au festin des yeux, sont servies les images qui convainquent définitivement que « Black is beautiful »

Africaines d'origine ou transplantées, tes dames noires sont imprégnées des vertus de leur noble race.

Fières, déterminées, fortes, intrépides, pugnaces, résilientes, elles portent leur foi et leur endurance et leur créativité en bandoulière.

Elles font basculer les codes. Leurs filles, leurs disciples, qui les racontent, exaltent leurs quêtes individuelles avec force, fantaisie, poésie ou érudition.

Tes Mamas sont forcément toutes le reflet de leur époque, de leur environnement. Se battant sans relâche contre elles-mêmes, leurs préjugés, leurs peurs et les carcans de leur éducation première.

Gardiennes de la tradition de bien avant l'écriture, elles étaient prisonnières de dogmes et traditions parfois cruelles.

Nombre d'entre elles ont arraché un lambeau à l'obscurantisme tenace de leurs époques.

Servies par un savoir ancestral, prophétique ou acquis à force de persévérance, ces gardiennes du temple ont apporté une part supplémentaire d'humanité au monde.

Elles ont puisé dans les racines et les sédiments de leurs culture d'origine tout en contestant et combattant les iniquités de leurs sociétés.

Au fil des évolutions du monde, en dépit des temps qui changent, de plus en plus vite, les viatiques qu'elles nous ont légués, gardent leur caractère universel.

Leur véracité et leur force immuables accompagneront toujours d'autres temps et des êtres nouveaux, regardants et sans complaisance.

D'autres maillons restent à forger, afin d'éclairer d'autres passeurs de lumière.

Certaines te croisent, souvent anonymes, discrètes, véhémentes, belles ou besogneuses.

Il en est qui font de la parole leurs lits.

D'autres qui traquent l'oubli.

Il en est qui taguent sur des murs en briques.

D'autres qui partagent sur des murs numériques.

Il en est qui postent des mots sur la toile,

Et celles qui en tirent la substantifique moëlle.

Respect à nos Reines d'Afrique, à nos Mères-courage, à nos références.

Leur dernière demeure se trouve à jamais dans les âmes et mémoires de ceux qui partageront ces témoignages.

Puissent-ils les transmettre comme une flamme olympique pérenne afin que jamais, elle ne déserte la mémoire de nos enfants à venir…

Et quand je ne serai plus, c'est par tes mots que je veux être immortalisée.

Moi, Anta Germaine GAYE,

Apprentie-chercheure en Art,

Je suis une femme qui ''artiste'',

Je peins des êtres sous le verre,

Sacrifie à mes cinq prières,

Je suis un être debout,

Mais, crée des rêves, surtout.

Et si je retourne à la source du WALO de mes origines, je réponds au nom de Adja Anta Germaine GAYE,

Fille de EL Hadj Amadou Karim GAYE fils de El Hadj Babacar GAYE,

Fils de la Linguére Kodou MBODJ fille de Mactar MBODJ,

Fils de Khary DIAGNE,

Fille Du 40e Brack du WALO Ma MBodj Koumba kheddji MBODJ…

Les faits que nous posons nous sont certes imputables, mais que d'influences connues de nous et d'autres par contre qui nous échapperont toujours.

…Tant il est vrai que nous sommes aussi un substrat des rencontres et des pérégrinations de ceux qui nous ont précédé.

Veillons simplement à ne pas égarer la petite aiguille passée précautionneusement de main à main au fil des générations, jusqu'à nous parvenir.

Lexique

[1] (sens de l'honneur, rigueur, détermination, courage)

Anta Germaine GAYE

Kemit "Martyr Luther Queens" feat Thando

Thando

The constraints remain
Injustice reigns
But our fight, our will to life
Will never change
Martyr Luther Queens

Kemit

Viens que je t'amène Au Pays d'Osseï Tutu
Sur les traces de la souveraine baoulé Abla Pokou
On ira redorer le blason
De toutes ces Queens qui ont tracé la route
Aline Sitoé Diatta, Nehanda et Sojourner Truph
Puis rendre visite à Nandi, la brave maman de Chaka
À Funmilayo Kuti et à Winnie Madikezela Mandela
On pourra même s'asseoir dans le bus
Et se rendre dans le même parc que Rosa
Sur le pavillon d'Angela Davis
Laisser des traces dans les dortoirs des portes voix
Porter le monde sur nos visages avec moins de stress
Suivre les pas de Kimpa Vita la prophétesse
J'ai eu recours à l'amour vu que le cœur

Est la plus belle des mémoires,
Et que l'âme est loin d'être un mouroir
Allez leur dire que Sawtche est en réalité la Vénus Noire

Thando

Sizowanyathela amadimoni
ngegama likaBaba
Sizowanyathela amadimoni
ngegama likaMama
Sizowanyathela amadimoni
ngegama likaBaba
Sizowanyathela amadimoni
ngegama likaMama

Kemit

J'exhume des parcours heroines
De Shakur Afeni à Shabaaz Betty
De Nanny des Marrons à la Queen Nefertiti
Ces fertiles destins
Ont fait fleurir tellement de DREAM
Si j'étais né à l'époque de MARTIN
J'aurais écrit: " I HAVE A QUEEN "
Partant d'une lueur d'espoir
Qu'aucun destin ne déroge

De Makeda à Makeba chacune d'entre elles mérite ces éloges
Lorsqu'on parcourt cet héritage
On n'y voit que des anges debout
Tu croiseras sur le même sillage
Mariama Bâ et Maya Angelou
Mais les héroïnes sont encore plus nombreuses
Certaines font partie de nos propres vies
Leur histoire n'est peut-être dans aucun livre
Pourtant elles sont pleines de bravoure quoi qu'on en dise
Certaines sont tombées si bas mais ont retrouvé le Summum
Comme si Martyr Luther Queen
Était le nom de Nina Simone

LA SOUVERAINE BAOULÉE ABLA POKOU

Le début du XVIIIe siècle a été marqué par une scission au sein du peuple Achanti de l'actuel Ghana, cet évènement a entraîné un exode d'une partie de la population vers l'ouest. Dans ces temps anciens, le clan royal baoulé, avait à sa tête la princesse Abla Pokou, elle venait directement de la cour de Kumasi (Ghana). Ce royaume n'a émigré qu'à la mort de l'illustre roi Osei Tutu. Daaku, le fils du roi et frère aîné d'Abla Pokou, était prétendant au trône du défunt au même titre que son cousin Opokou Ware.

A cette course au trône, il avait été battu ; Daaku mourut quelque temps après l'avènement de son cousin.

A l'annonce de cette nouvelle, Abla Pokou quitta en toute clandestinité le pays pour la simple raison qu'elle n'avait plus son frère et unique défenseur. Avec l'aide de sympathisants, elle réussit à quitter le royaume de Kumasi en pleine nuit sous une immense pluie.

Un soir, les éclaireurs apportèrent une mauvaise nouvelle. Un grand fleuve barrait la route vers l'Ouest. Peu après, l'expédition arriva au bord du fleuve dont les eaux s'écoulaient majestueusement. La panique s'était emparée de tous les hommes, et la seule question était de savoir comment faire pour traverser un aussi immense fleuve.

Attendre les ennemis était quasiment un sacrifice vu qu'ils étaient beaucoup plus nombreux et mieux préparés donc plus puissant.

Le sorcier, consulta les dieux. Ceux-ci répondirent qu'il fallait leur offrir ce qu'ils avaient de plus précieux. On pensa que les génies parlaient des richesses qu'ils avaient emportés. Le peuple s'est donc empressé de rassembler les diamants, l'or et les bijoux de la reine. Les génies du fleuve refusent et s'expliquent plus clairement.

Ils demandaient qu'un enfant soit sacrifié ; que l'enfant le plus précieux leur soit immolé.

A l'annonce des doléances des génies, un silence d'une rare habitude suivit. Personne n'osait regarder le jeune fils de la reine qui dormait sur le dos d'une de ses tantes. Malgré sa douleur, la reine Pokou avait décider de sauver son peuple.

Le sorcier reçut l'ordre d'immoler le prince. La reine jeta son fils unique dans le fleuve Comoé, pour sauver son peuple.

Aussitôt après avoir effectué ce sacrifice, des hippopotames énormes surgissent des eaux pour former un pont de leur dos.

Le peuple réussit à semer les soldats et à traverse le fleuve sur les dos de ces énormes hippopotames, il comprit ce cri de douleur d'une mère et pour remercier sa reine, il prit comme nom ce cri qui est devenu « Baoulé » ; qui vient de « Ba-ouli » qui signifie (L'enfant-est-mort).

Ce geste a été une immense reconnaissance envers la princesse Akan ; Se sentant en sécurité et aimée de son peuple, de l'autre côté du fleuve, la princesse devient reine ABLA POKOU ; elle était très belle, intelligente et courageuse ; gouvernait dignement son royaume avec sagesse, respect et amour et sous son règne, le peuple Son royaume vivait en paix.

LA BRAVE ALINE SITOE DIATTA

Par l'écrivaine Amina Seck

« En écrivant ces mots, je vois une Aline Sitoé ridée mais belle, assise sous le manguier dans sa cour, une canne à côté d'où elle s'appuie pour se déplacer, entourée de ses petits-enfants issus de sa seules fille, Hélène, habillée en robe wax de couleur bleue imprimée de rossignoles comme pour chanter sa gloire assortie à son foulard de tête, des lunettes noires et une voix tremblante nous raconter son histoire, pas celle qu'on connait et qu'on se raconte de plusieurs façons mais celle qu'elle a vécue seule loin des siens, loin de sa Casamance en captivité.

Je la regarde, je la sens, je l'écoute et bois ces mots comme du bon vin de palme, je sens le goût, son goût, je la sens, je ressens sa peine, je la veux dans mes bras, je veux la toucher et sentir à travers ses mains sa force et sa bravoure ».

LA REINE EST MORTE, VIVE LA REINE

J'étais jeune et belle, brave et puissante.
J'avais les dieux et les hommes à mes côtés.
Je faisais des miracles.
J'étais une menace.
Je faisais peur, oui je faisais peur à mes ennemis, les colons.
N'est-il pas normal de se défendre face à des personnes qui laissent leurs terres et venir s'emparer des nôtres ?
Oui. Je défendais mon peuple.
Il parait que je suis morte en 1944 d'une maladie, le scorbut et que je serais enterrée à Tombouctou en captivité.
Qui a assisté à mon enterrement ?
Quelqu'un a vu mon corps ?
Et la photo qui circule, mes parents sont formels. Ce n'est pas moi.
Quelqu'un a cherché ?
Il y a juste une tombe et sur la plaque, mon nom.
Aussi longtemps que je me souviens de mon village natal Cabrousse et de mon quartier Nialou et Mossor d'où je suis née en 1920 d'un père que j'ai perdu très tôt et d'une mère diola, Silosia et Alakafren Diatta. Je me rappelle que j'étais une jeune fille comme tout le monde, des parents normaux, des amis avec qui jouer.

Je me suis mariée avec Alougaye et j'ai eu une seule fille qu'on appelle Seynabou ou Hélène.

Je n'ai pas fréquenté l'école française mais au moment de travailler et subvenir à mes besoins, j'ai rejoint Ziguinchor pour travailler au port en tant que docker, puis Dakar, chez des blancs, des colons, comme femme de maison. Comme « boniche »

Et c'est même à Dakar que j'ai eu ma première révélation.

Une voix. Elle me parle.

Elles me demandent de rentrer.

Où ?

Dans mon village, à Cabrousse.

Je n'écoute pas.

Je ne veux pas entendre.

Et alors, un matin.

Oui un matin, je me réveille et je ne sentais plus mes jambes.

J'étais paralysée.

Il faut donc rentrer à la maison.

A Nialou, Cabrousse en Casamance.

J'avais une mission

Sauver mon peuple.

Les colons étaient déjà sur place et régnaient en maître dans tout le territoire sénégalais mais la particularité de ma région, la Casamance, c'est que les habitants étaient des travailleurs braves mais n'avaient personne

pour les défendre de ces imposteurs qui nous prenaient nos vivres.
Il faut donc se battre et dire non aux travaux forcés, dire non pour ne plus payer d'impôt.
Il ne fallait plus cultiver le riz blanc qu'ils nous imposaient mais plutôt le rouge, ne pas cultiver l'arachide, ni aller à la guère
Il ne fallait plus obéir aux blancs, mais résister.
N'est-ce pas que l'esclave a été aboli ?
Mais surtout il fallait transmettre les messages.
Des messages qui me venaient du ciel.
J'avais une mission.
C'était de montrer le chemin à mon peuple.
C'est ce que j'ai fait.
Quand je suis arrivée dans le village, la sècheresse était déjà bien installée depuis un bon moment, et les populations étaient en détresse.
On a sacrifié des bêtes.
On a prié, chanté.
Encore et encore.
Il a Plu, beaucoup Plu.
Dans mon village, les gens venaient de partout pour me voir. Hommes, femmes, enfants tous assistés aux prières et sacrifices.
J'avais par la grâce de dieu le don de guérir les malades rien qu'au touché.
Tout était grâce.

Je me rappelle encore ma mère, ma fille sur son dos, elle pleurait en voyant la jeune femme que j'étais devenue.

« J'ai perdu ma fille » disait-elle.

Oui, j'étais la fille d'une autre dame.

La Casamance.

Après la mort du roi, je fus introduite. J'étais la seule qui pouvait gérer le trône, disaient-ils.

Moi, une femme, jeune, boiteuse, j'étais nommée reine. Que de responsabilités !

Mon message était culturel, économique, religieuse mais aussi politique.

Le colonel Sajous pour retourner dans les rangs et prouver sa bravoure devait capturer la prêtresse, la fétichiste, la reine. Moi.

Il a été prévenu de la menace, la jeune femme rebelle et insoumise faisait des miracles.

Alors, une nuit, il s'amène dans le village avec ces hommes. Ils ont tiré et ont tué ma coépouse qui était enceinte. Ils pensaient que c'était moi.

Non. Je n'étais pas là-bas cette nuit. J'étais indisposée, j'avais mes règles.

Dans la tradition Djola de l'époque, une femme ayant ces règles doit rejoindre la case réservée à cet effet pour y rester et attend d'être propre pour retourner dans sa maison.

Après cette tuerie, cette attaque dans mon village, Sajous menaça avec ces hommes de brûler le village comme ils ont fait à Djem Béring et effock.

Je pouvais facilement m'enfuir et rejoindre la guinée portugaise, mais non, je me suis livrée le 28 janvier 1943 au colonel Sajous pour éviter d'autres massacres.

Devant les habitants du village, je reçois une gifle qui me fît tomber par terre et fît coulée mon sang tout au long de mes jambes.

Mon oncle que j'entendis me dire « tu vois maintenant, là où toutes tes actions t'ont menée ? »

Je préfère écouter les dieux que les hommes.

Sur une civière je suis conduite avec plusieurs autres personnes.

Je n'ai plus jamais revu les miens, ma fille, ma mère, mon village.

Je fus ligotée et mise en cage comme une bête sauvage pour le spectacle.

De Dakar à Banjul et de Bamako à Tombouctou où j'étais vue pour la dernière fois, je fus effacée de la surface de la terre.

Mais je vis encore. Oui je vis dans le cœur et l'âme de ceux qui m'ont connue.

Oui, je suis vivante en toutes femmes soucieuses de son peuple, soucieuse de l'avenir de ses descendants.

Je vis en toutes femmes sénégalaises, en toutes femmes casamançaises.

Mon nom c'est Adjumbébé, mais on m'appelle Alinsiitowé Diatta.

NEHANDA NYAKASIKANA, LA PRETRESSE GUERRIERE

On l'appelle affectueusement Mbuya Nehanda, dans son Zimbabwe natal. A l'échelle du continent tout entier, Nehanda est surement l'une des plus braves héroïnes de notre histoire.

Elle est une prêtresse guerrière née en 1840 en Rhodésie, un territoire qui correspond à l'actuelle Zimbabwe. C'est à l'âge de 58 ans qu'elle tire sa révérence après avoir véritablement marquée son passage sur terre. Le ciel avait doté cette brave femme de dons prophétiques hors du commun, au point ou des peuples venaient de partout pour être consulté par elle.

Ces consultations portaient à la fois sur des problèmes personnels, des décisions importantes, d'ordre social et politique. Elle serait la réincarnation de l'oracle Nehanda.

Les shonas, ethnie dont elle issue, comme beaucoup de peuples africains sont monothéistes et pratiquent le culte des ancêtres. Selon la légende Nehanda, fille du roi Mutota vécue au 15ème siècle, elle avait la substance divine qui donne puissance et pouvoir aux hommes.

En ayant des relations incestueuses avec son demi-frère, celui-ci devint très puissant, conquit de larges territoires, et offrit à Nehanda un royaume la mesure de sa sacralité.

Nehanda était dans la lignée des êtres qui ne meurent pas, mais se réincarnent en des personnes prédisposées à accueillir son esprit, pour guider et veiller sur son peuple. Ainsi elle se réincarna dans la petite Nyakasikana quelque siècle plus tard. Le terme Nehanda est donc comme un titre qui se transmet au fils des réincarnations

A l'âge adulte, Nehanda Nyakasikana incita son peuple à se révolter contre les travaux forcés, les impôts et les taxes injustement imposés par les colons britanniques. C'est la première chimurega, elle prit la tête de la révolte avec d'autres prêtres, dont son époux spirituel Kaguvi.

Par des méthodes dont elle seule détient le secret, pendant une année entière elle échappa aux britanniques.

Capturée en 1898, elle refusa l'offre de se convertir au christianisme en échange de la vie sauve. Suivant les conseils d'un autochtone, les anglais lui retirèrent sa blague à tabac, car c'est la dit-on où se trouvait son pouvoir.

Avant de mourir, Nehanda dira en défiant les britanniques "mes os renaîtront". Elle avait également prédit une deuxième chimurega, qui survint en 1972, qui conduira son pays à l'indépendance en 1980. Nehanda repose désormais au Zimbabwe Hereo's Acre.

L'histoire de Nehanda, illustre le rapport qu'entretien l'africain avec ses ancêtres. Un fil lien sacré qui le relie à ces êtres premiers, et au-delà, au divin qui, bien que lointain est fiable, et bien veillant. Ce lien qui malgré les épreuves reste indéfectible.

C'est sans doute là que réside le secret de la survie des noirs. Le sentiment que quoi qu'il arrive, Dieu le créateur de toute chose ne se trompe pas. Tout a un sens, Dieu ordonne, les ancêtres veillent. Dieu est en toute chose d'où son omniprésence et son omnipotence, et par conséquent toute chose a de l'importance.

Il a mis le germe substantiel du monde dans un principe féminin, si la royauté est dévolue aux hommes, la femme détient le germe générateur de pouvoir et de puissance.

Dans la plupart des cultures africaines, la femme est gardienne de l'ordre social. Les hommes, rois, guerriers ou simples mortels prennent conseils auprès des femmes, et n'ont aucun problème avec cela.

Elles sont à la fois gardiennes de la sagesse, mais aussi de redoutables guerrières ; elles n'hésitent pas à s'emparer du pouvoir quand cela devient nécessaire.

Simplement parce que « la royauté n'était pas une question de pouvoir, et de privilèges, mais un lien qui relie l'Homme à Dieu, le roi représentait donc la gouvernance divine sur terre ».

WOMAN WHO BECAME SOJOURNER TRUTH

By Charity Clay (USA)

Most people know Sojourner Truth for the phrase and speech we now refer to as "Ain't I a Woman?", but her story is so much more than just that. Even when we remember that phrase, we cannot let it be simply identified as "pioneering feminist" because it speaks specifically to the experiences of Black women in a way that the early "feminist" movement ran by white women ignored, unless valuable to their own causes. At this time, there is even a critique of the way that Sojourner's initial eloquent words were changed to reflect a perceived "slave dialect" by Frances Gage who published the speech in the New York Independent nearly 12 years after it was given. It is the perception of Sojourner Truth primarily as a "slave" that distorts her legacy when I hear it.

Sojourner Truth was born sometime between 1797 and 1800 according to most records and given the name Isabella Baumfree. Most people know that she was born enslaved, but they don't know that she was born in New York. Because we always associate slavery with "the south" we forget how widely it spread throughout this country. The debate over the year she was born is more significant that people even know. We know that most enslaved Africans and their descendants do not have exact dates, but with

Sojourner Truth, her year of birth determined whether or not she should've ever been enslaved. In 1799, New York passed a "Gradual Emancipation" act that declared children born after July 4, 1799 as technically free even though they had to serve as indentured servants until adulthood. Ultimately, the state passed a law in 1817 that would free all enslaved Africans and their descendents born before 1799 after 10 years. So, depending on the year, Sojourner Truth may have been Born free. To me, I always connected her given last name of Baumfree to be a signal that she was, but that has just always been the way I read it before knowing about the laws that "freed" Enslaved Africans and their descendants in New York.

Another part of Truth's legacy that often goes overlooked is her amazing skills as an orator in multiple languages. English is not the first language of any African, but wasn't even the second language for Sojourner Truth. She was born into a Dutch speaking community in New York, the same Dutch that "purchased" the 22,000 island of Manhattan from the Indigenous people for $24. I point this out because our history often relegates slavery to the southern state, forgetting how far it spread throughout what is now the United States. Slavery in the north was no less brutal than in the south and Truth was brutalized severely by her original "owner" and each of the 3 she was sold to, until she fled with her daughter around the age of 30. Initially she was sold to a family that only spoke English, with her only speaking Dutch, she was brutalized because she could not understand the language enough to comply and was eventually taught English. I think sometimes what this world would've been like had she never learned. All of the brilliant ideas and beautiful speeches, all of the sermons and addresses would've never been heard. Sojourner Truth taught me to recognize the good within the bad and had she not been sold to those brutal masters that beat her into learning English, and had she not been so willing to learn, she would have been robbed of her brilliance.

As with all enslaved Africans, I question how they were able to endure such brutality, and faith is always the answer. Sojourner Truth's story is always told with mention of the words of God given to her by her mother. When I hear these stories, I am convinced that the God her mother spoke of was not the same as the one that was introduced to Enslaved Africans so justify their bondage. Even though Truth used the language of Christianity, I always believed that the God she learned about through her mother came out of African spiritual traditions that adopted some aspects of Christianity to ensure that they remained intact as Slave Masters tried to destroy all remnants of African culture.

Truth's faith grew and as she began to use religion and stories from the bible to explain slavery and her position in it, initially seeing the Slave masters as "Gods" but later realizing a conflict between them being considered Godly and carrying the inhumane practices of slavery. Increasingly, as she began having more private conversations with God, she began to view slavery as unholy, but still struggled with whether or not to commit sins in the pursuit of her own freedom. Not much is known about her husband Thomas, an older man who was enslaved with her, but I always found inspiration in knowing that she presided over her own ceremony because she was an enslaved Black women, she was not ordained as a minister but she presided over the ceremony anyway. Truth had five children, was said to be a very loving mother who would carry her children into the field with her to keep them close knowing the likelihood that they could be sold at any moment, and watching it happen to some of them. Despite this, she considered herself at the time to be a faithful slave, patiently waiting to be delivered by God. Eventually however, she decided to claim her freedom and fled with her infant daughter. She built an alter, an ancient African practice taught to her by her mother, and it

provided her protection and showed her the path to freedom. This occurred after
Truth saw she slave master kill another slave who admitted his intention to leave once he was free, after promising her that she would be granted hers for her faithfulness.

It was events leading up to this that caused her to have a revelation about the atrocities of slavery and no longer viewed her rebellion as a sin. In fact, she began to view Slavery and all oppression as evil and fought to rid the world of them. Upon fleeing, she stumbled upon some Quakers purchased her freedom. Shortly before she fled, and without her knowledge, her young son had been illegally sold. After gaining her freedom, she went back to find him and discovered this fact. Truth was able to challenge this illegal sale through the courts and win her son's freedom. Again, a part of her story that is not highlighted but one of its most inspiring parts; a Black woman that escaped from slavery and then successfully won her son's freedom through the courts against white slave owners. The intelligence, courage and conviction that this act took should more widely celebrated.

Once freed around Truth, still called Isabella Baumfree took her children and moved to New York City where she worked as a domestic servant. Growing stronger in her faith, she memorized the bible and attended the African Methodist Episcopal Church (AME) that was created specifically for Black people to worship together without being subjected to the racial discrimination of white Christian churches that still preached that Blacks were cursed and inferior. Hearing prophecies that Jesus would return in 1843, she changed her name to Sojourner Truth and began to preach. I always took the name to mean that she was always both standing in, and moving towards Truth. To Sojourn means to stand temporarily. To me, her choosing that name means that she understood that Truth was a continuous journey not simply a destination. To me this is evident in the way she traveled across the country to make sure the truth was heard.

Because she often used her own story, abolitionists and women's rights activists often invited her to speak to spread awareness. She did not take a political stance in her speeches but rather focused on how the institution of Slavery striped Black people of their humanity by telling her own life story. She spoke about her physical and sexual brutalization, the physical and mental health issues that she faced, the destruction of families and the horrors of the auction block and so many other atrocities. She reminded her audiences that her story was not unique and that all enslaved Africans in some way had experienced the same fate. She travelled to where she felt called by God and always evoked Gods name and God's word in her speeches.

Many people know about Sojourner Truth's speeches, how powerful they were, how stirring and compelling. They know that she met with famous figures like Abraham Lincoln and Frederick Douglass but don't know that she challenged them both fearlessly. Additionally, many people celebrate Sojourner Truth for her work with women's rights activists like Elizabeth Katy Stanton and Susan B. Anthony, but leave out how Truth distanced herself from them and the "women's movement" for the racism that white women expressed towards Black people.

While we often consider Harriet Tubman to be Black Moses, Sojourner Truth also fought for an Exodus of Black people, spending her later years petitioning for Freed Blacks to be granted settlements by the government in the Midwest where they could build their own communities.

I celebrate Sojourner Truth for her unwavering faith, her passion for knowledge, her love of her people and quest for their freedom, her amazing oratory skills and her courage. I know her through the stories told to me by my father about her and through the bits and pieces that I have read over time.

NANDI

Un jour ou l'autre, dans notre vie, on a forcément entendu parler du brave Shaka Zulu, en ce qui me concerne, j'ai rencontré Shaka lorsque j'étais très jeune, à la télévision une série hebdomadaire passait et j'ai d'une certaine manière été bercé par la bravoure de ce héros de notre histoire, ses prouesses restèrent gravées dans les mémoires collectives du continent africain et même au-delà de nos frontières.
Mais derrière ce grand roi mémorable du Zululand, qui de nos jours porte le nom d'Afrique du Sud, se cache une grande femme pleine de dignité du nom de Nandi ; c'est la brave et redoutable mère de Shaka.

Nandi était vêtue d'un courage, d'une patience et d'une détermination qui ont été des armes suffisamment puissantes pour s'insurger contre les commerçants esclavagistes et permettre de mettre son fils sur les sentiers du guerrier hors pair qu'il deviendra plus tard.
Pendant des années, Nandi répétait jour et nuit : « *mon fils sera un grand roi* ». Et comme en Afrique la parole porte une certaine sacralité, en 1816 Shaka parvient à devenir le roi des Zulu après avoir gravit les échelons par la force de sa bravoure.

Tout commence quand Senzangakona, le prince des Zulus, déjà marié à deux épouses, rencontre Nandi Bebhe, qui est la fille du défunt chef de la tribu des

Elengani. Le prince est déjà marié à deux épouses mais de ses alliances, il n'a aucun enfant.
Il décide de séduire la jeune Nandi, très connue pour son estime de soi, sa beauté et son élégance…

Il se lance alors le défi de s'unir à la jeune fille dont tout le monde parle dans la région. Le jour où pour la première fois il rencontre Nandi, à l'écoute de son nom prononcé par Senzangakona, Nandi feint de n'avoir rien entendu. Mais à l'insistance du prince, elle finit par relever la tête.

Une union se tisse entre eux, lorsqu'elle tombe enceinte, les anciens et les conseillers de la cours expliquent au prince la gravité son acte.
Selon la tradition en vigueur dans le royaume et en tant que prince, il ne peut songer à épouser cette jeune femme comme troisième épouse. Même si ses premières épouses ne lui ont pas donné d'enfant, l'enfant de Nandi n'est pas un enfant légitime parce qu'il est un enfant conçu hors mariage.

Encouragé par la nouvelle simultanée de la grossesse de l'une de ses femmes légitimes, Senzangakona coupe tout lien avec Nandi, l'abandonnant seule face à sa grossesse. Dans sa propre tribu, Nandi devient la risée de tout le monde, avec une grossesse qui va à l'encontre des mœurs.

Malgré le mépris dont elle fait l'objet de part et d'autre, Nandi sera sauvée et retrouvera espoir grâce à une prêtresse, qui la recueillera et lui fera comprendre que sa grossesse n'a rien d'une calamité, mais que l'enfant qu'elle porte en elle est celui d'une grande prophétie annoncée depuis les temps anciens.

Selon cette prophétie, il était dit qu'un grand chef naitra du peuple zulu et révolutionnera toute la partie sud du continent africain. Elle lui apprend également qu'elle sera reine. C'est cette prophétie qui accompagnera Nandi tout au long de sa vie.

Elle finit par donner naissance à Shaka. Le père de son fils, le prince Senzangakona, fatigué des rumeurs autour d'un fils illégitime et d'une femme abandonnée, se résout enfin d'épouser Nandi et de la prendre comme troisième épouse, malgré la tradition.

Il l'accueille elle et son fils dans son Kraal. Nandi accepte la demande du prince. Mais contre toute attentes, elle fait quelque chose d'inhabituelle au royaume et devant tout le peuple. Alors qu'il est question de décider du montant de la dot et du prix du rachat du fils illégitime, Nandi décide de le négocier elle-même à la grande stupéfaction de tout le peuple.

Le prince, humilié publiquement par sa femme qu'il considère comme « effrontée », cède certes sur le champ tenant fièrement son fils dans les bras. Mais il prendra sa revanche plus tard. En tant que troisième épouse, Nandi aura une vie de martyr.

Elle enfantera une deuxième fois, une fille, mais sera maltraitée, humiliée lors des cérémonies publiques par son mari, au grand plaisir des deux autres épouses qui la haïssent. D'ailleurs, le prince Senganzagona prendra une quatrième épouse en guise de représailles. Alors que son père maltraite et humilie sa mère, Shaka n'a que 6 ans, mais il affronte son père et menace de le tuer s'il ose s'en prendre à elle.
Nandi décide finalement de fuir avec ses enfants et de retourner dans sa tribu, les Elengani. L'accueil est tout sauf chaleureux, même si le chef de la tribu consent à la reprendre dans son clan.

Nandi et ses enfants y sont l'objet de railleries, d'insultes, de coups bas, de tentatives d'assassinat…Quand Shaka est frappé un jour à mort par les jeunes de la tribu, pour Nandi, c'est la goutte qui a débordé le vase. Elle décide de quitter sa tribu pour un voyage incertain. Lors de ce voyage long, sa mère meurt en chemin. Elle l'enterrera elle-même et poursuivra son chemin avec ses eux enfants, affamés et assoiffés.

Elle est finalement recueillie avec ses enfants par Dingiswago, chef de la tribu des Mthetwa, qui autrefois avait voulu l'épouser, mais par orgueil, elle avait décliné l'offre. Si le temps était passé, l'amour de Dingiswago, ne s'était pas éteint. Il accueille à bras ouvert Nandi et ses enfants. Il parvient également à remarquer le caractère courageux et les capacités guerrières remarquables de Shaka.

Il le forme dans son armée jusqu'au jour ou la renommée du jeune homme rayonne partout. Quand cette renommée parvient aux oreilles de Senganzagona, celui-ci refusant qu'un étranger profite des capacités de son fils, décide d'aller lui-même récupérer son fils chez Dingiswago, mais sans Nandi.

Shaka accepte de retourner, mais avec une stratégie en tête : améliorer sa connaissance sur le fonctionnement de l'armée zulu. Il parvient à ses fins. Il intègre l'armée de son père et après avoir fait preuve de grandes capacités, celui-ci lui en confie la direction. Shaka refuse le poste que lui propose son père, mais l'avertit qu'il se vengera de la souffrance et de l'humiliation qu'il a fait endurer à sa mère, qu'il reviendra prendre le trône de force, qu'il deviendra chef de l'armée et chef des Zulus.

Shaka quitte le royaume, un peu plus tard il apprend la mort de son père et qu'à sa place c'est son demi-frère, fils de l'une des autres épouses de son père, qui règne, il met en place sa propre armée.

Au cours d'une bataille extraordinaire avec l'armée des Zulus, il tue son frère et se fait couronner roi des Zulus.

Lorsqu'il monte sur le trône, il donne le titre de « Reine mère » à Nandi, devant qui tout le monde se prosterne. Elle restera la conseillère de Shaka jusqu'à sa mort des suites d'une dysenterie en 1827.

Selon le biographe de Donald Morris, en l'honneur de sa mère, Shaka ordonna qu'aucune plante ne soit semée durant l'année ayant suivi son décès. Il avait également ordonné que toute femme qui tomberait enceinte l'année suivant le décès de sa mère soit tuée ainsi que son mari.

Par la même occasion, au moins 7000 personnes considérées comme n'étant pas suffisamment affectées et abattues par la mort de sa mère furent exécutées. La tombe de Nandi, reine du Zululand, se trouve à Eshowe dans l'actuel Afrique du Sud.

Lorsque Shaka prend la tête du peuple Ngounis, il les renomme Amazoulou, « ceux du ciel », nom qui deviendra par la suite « Zulu ». Ces derniers ne possèdent pas plus de 100 000 km² de terre. Chaka, roi ambitieux et conquérant remodèle son peuple en une armée de métier constituant le pivot de la société, ce qui en bouleverse les structures traditionnelles. L'armée de Chaka à son apogée comptera plus de 100 000 hommes.

En 1820, près de cinq ans après le début de sa première campagne, Chaka avait conquis un territoire plus vaste que la France. En tant que chef charismatique, stratège et organisateur de génie, son action influença la vie et le destin de régions entières de l'Afrique australe ainsi, le Fils de Nandi restera à jamais le grand roi que sa mère prédisait qu'il deviendrait un jour.

FUNMILAYO RANSOME KUTI, ET LES DROITS DES FEMMES

Elle est la mère d'un fils extraordinaire, l'un des plus talentueux artiste africain de tous les temps, le célèbre chanteur, saxophoniste, chef d'orchestre et homme politique nigérian Fela Kuti. Mais cette fois, il ne s'agit pas de parler de son fils qui n'est plus à présenter mais plutôt d'elle-même.

Funmilayo Kuti est une femme politique nigériane et une militante des droits des femmes. Elle s'est engagée pour l'indépendance de son pays le Nigéria, elle permet par la même occasion, la mise en place du droit de vote ou encore l'émancipation économique des femmes.

Funmilayo est la fille de Lucretia Phyllis Omoyeni Adeosolu et de Daniel Olumeyuwa Thomas, elle vient au mode le 25 octobre 1900 à Abeokuta (Nigéria) dans une famille chrétienne au sein de la tribu Egba, de l'ethnie Yoruba. Elle nait d'une mère couturière et d'un père planteur, descend d'un ancien esclave de Sierra Leone.

Funmilayo fera ses études à l'Abeokuta Grammar School, où elle est la première élève féminine. Après cet établissement, elle passe quatre ans en Angleterre pour terminer ses études, entre 1919 et 1923. Elle passe se forme à l'anticolonialisme, et au socialisme. A son retour au Nigéria, elle accepte un poste d'enseignante à l'école des filles de Abeokuta. A cette période, elle abandonne ses prénoms chrétiens Frances Abigail pour ne conserver que son prénom yoruba, et s'attache à utiliser la langue yoruba.

En 1925, elle épouse le révérend et enseignant Israël Oludotun Ransome-Kuti, défenseur des droits humains et fondateur de l'Union Nigériane des Enseignants et de l'Union Nigériane des Étudiants et auront trois enfants.

En 1942, elle crée le *Ladie's Club d'Abeokuta*, une association caritative et féministe, composée de femmes lettrées des classes moyenne ; qui devient par la suite *Abeokuta Women's Union* (AWU) et se défait de son élitisme pour s'élargir à des femmes défavorisées, des commerçantes pauvres, des analphabètes. Elle organise des cours du soir et des ateliers, pour aider en particulier les milliers d'adhérentes de l'AWU à se défendre face aux autorités coloniales.

En outre, l'AWU se politise. L'association milite contre les impôts sur les femmes commerçantes, contre les réquisitions et la corruption, pour le droit de vote et la représentation politique des femmes.

Des milliers de femmes, membres de l'AWU ou non, manifestent et se joignent à ces campagnes de protestation. Le mouvement multiplie les initiatives pour faire plier les autorités : fermetures de marchés, sit-in, manifestations, refus de payer l'impôt des femmes.

Pour s'être jointe à cette action, elle sera emprisonnée quelques temps. Une fois dehors, elle se rend en Angleterre pour y attirer l'attention internationale sur la condition des femmes au Nigéria.

En 1949 enfin, après plusieurs années de lutte, l'AWU obtient l'abolition de l'impôt sur les femmes commerçantes. L'AWU prend de l'ampleur et devient l'Union Nigériane des Femmes.

Funmilayo s'engage également pour l'indépendance du Nigéria. Elle voyage énormément, participe à des conférences et intervient en faveur de l'indépendance du Nigéria, qui interviendra en 1960. Ses nombreux voyages, à Moscou et Pékin notamment, attirent l'attention des autorités en période de Guerre froide et ses visas sont régulièrement confisqués ou refusés dans certains pays.

Funmilayo tente de se lancer en politique en rejoignant le *National Council of Nigeria and the Cameroon (NCNC)*, mais elle est rapidement exclue du parti. Elle fonde alors *The Commoners' People's Party*, parti politique qui sera dissous juste l'année suivante.

Dans le chaos suivant la guerre du Biafra et les coups d'Etat successifs, le fils de Funmilayo, Fela Kuti, le célèbre Fela, s'engage contre la corruption et la dictature.

Le prodigieux musicien sort en 1976 l'album antimilitariste *Zombie*. En représailles, un raid militaire rase sa résidence en 1978. Funmilayo est jeté par la fenêtre par des militaires en présence de son fils.

Elle sera par la suite surnommée « la Mère des droits des femmes », quelques mois plus tard, elle succombe des suites de ses blessures mais restera à jamais un symbole de bravoure dans les mémoires collectives.

WINNIE MADIKIZELA-MANDELA, LA MERE DE LA NATION

Il y a des personnages qui ne sont vraiment plus à présenter, c'est le cas de Nelson Mandela, qui est sans aucun doute, peut-être l'africain le plus célèbre du siècle dernier. Mais cet homme ne s'est pas fait tout seul, d'ailleurs une citation bien connue nous apprend que « Derrière un grand homme se cache une grande femme ». C'est le cas de Winnie Mandela.

Elle est l'ex-épouse de Nelson Mandela, avec un parcours assez particulier et inspirant. Le parcours de vie de cette femme a été une perpétuelle traversée d'épreuves mais elle a toujours gardé la tête haute même lorsque son cœur était accidenté.

Sa vie commune avec « Madiba » fut de très courte durée et son combat jalonné de peines, des peines émotionnelles et mêmes physiques. A l'âge de 34 ans, elle a été victime d'une crise cardiaque après 17 mois de tortures en prison. Harcèlement continuel par la police, interdictions diverses et variées, assignation à résidence, visites souvent refusées et toujours balisées au bagne de Robben Island ; sa trajectoire de résistance a forgé sa personnalité pour le reste de sa vie.

Son histoire personnelle est inextricablement liée à l'Histoire de sa terre natale, comme c'est d'ailleurs le cas pour nombre de Sud-Africains de sa génération. Ces cohortes de « *unsung heroes* », ces « *héros inconnus* », comme on les appelle en Afrique du Sud, ont tout sacrifié dans la lutte contre l'apartheid, comme Winnie Mandela mais parfois de manière anonyme.

En phase avec « *son peuple* », la jeune femme timide des années 1950 est devenue, au fil des ans, un monument de la résistance. Avec ses forces, du caractère et beaucoup de détermination, mais aussi ses faiblesses : accordée trop facilement, sa confiance lui a valu bien des déboires. Vilipendée par la minorité blanche pour ses dérapages, à la fois crainte, respectée et critiquée au sein du Congrès national africain (ANC), elle est adulée de manière inconditionnelle par une majorité de Sud-Africains qui se reconnaissent en elle jusqu'à l'heure actuelle et cette reconnaissance est toujours effective même au-delà même de sa terre natale.

Lorsqu'elle rencontre avec Nelson Mandela en 1957, à leur premier rendez-vous à Johannesburg, Winnie est une étoile montante, repérée par le magazine Drum en tant que première assistante sociale noire du pays, embauchée par l'hôpital de Baragwanath à Soweto, mais aussi pour sa beauté, dont elle n'est même pas consciente.

Dans son enfance rurale en terre xhosa, elle est plutôt considérée comme un garçon manqué, la jeune Winnie se sent donc mal à l'aise ce jour-là dans une robe trop serrée pour elle, empruntée à une amie, et des chaussures à talons dont elle n'a guère l'habitude. Nelson l'emmène au Kapitaan, un restaurant indien du centre-ville de Johannesburg où il a ses habitudes. Elle manque de s'étouffer avec son curry, le plat trop épicé qui l'a été recommandé.

Intimidée, elle se sent comme une « *petite fille* », dira-t-elle plus tard à maintes reprises à ses différentes biographes, pour décrire sa relation avec « Madiba ». A 21 ans, face à cet avocat mobilisé pour les droits des Noirs, elle écoute bien plus qu'elle ne parle. Courtisée par d'autres, ce que sait très bien Mandela, elle se voit proposer la vie commune dès le départ.

Cet homme de 39 ans, charismatique et sûr de lui, a déjà trois enfants d'un premier mariage, et la rumeur lui prête de nombreuses conquêtes. Surprise et fascinée, elle ne peut pas dire non. Même si son père, Kokani Columbus Madikizela, un notable de la province du Transkei, la met en garde : elle subira la première, et de plein fouet, toutes les conséquences de son union avec un homme politique qui se trouve déjà dans le collimateur du pouvoir.

« *Je lui faisais la cour et je la politisais en même temps* », écrit Nelson Mandela dans ses mémoires. Ses premiers mois de mariage prennent la forme d'une véritable initiation. Les fouilles nocturnes à domicile, affectionnées par la police, la font bouillir. Elle finance le ménage et la famille qui vit sous son toit : elle-même, Fanny et Leabie, la mère et la sœur de Nelson, et par intermittence les trois enfants de son mari.

Elle les traite comme ses propres enfants, lesquels ne tardent d'ailleurs pas à naître. Son caractère rebelle commence à s'affirmer. Malgré l'avis contraire de Nelson, elle fait partie des 600 femmes noires qui protestent contre les « pass », les laissez-passer qui leur sont imposés. Elles seront arrêtées puis bouclées deux semaines en prison en 1958.

Au Fort de Johannesburg, elle évite la fausse couche de justesse, grâce aux soins d'Albertina Sisulu, l'épouse du meilleur ami de Mandela. Elle apprend à conduire, alors que très peu de femmes noires le font et qu'un nombre très limité de Noirs disposent d'une voiture. Nelson veille à ce qu'elle en ait une.

Elle résumera plus tard en ces termes son état d'esprit : « *Pendant la courte période que j'ai passée avec lui, je n'ai pas tardé à comprendre avec quelle rapidité j'allais perdre mon identité à cause de sa forte personnalité. Vous vous fondiez tout simplement en un appendice de Mandela, sans nom et sans individualité propres : vous étiez la femme de Mandela, l'enfant de Mandela, la nièce de Mandela… Se développer à l'ombre de sa gloire était le plus simple des cocons pour se protéger du public menaçant ou pour renforcer votre ego éteint. Je m'étais promis que ce ne serait pas mon cas* ».

Dans le cadre de l'état d'urgence du 30 mars 1960, quelques jours après le massacre de Sharpeville, Nelson Mandela est arrêté chez lui. En cet automne austral, Winnie se retrouve seule avec Zenani (« *Qu'as-tu apporté au monde ?* » en xhosa), son aînée, et bientôt enceinte.

En prison et en procès, il n'est pas plus présent pour son second accouchement qu'au premier, ce qu'elle lui reproche amèrement. D'autant qu'elle subit des complications et que Nelson a un doute sur sa paternité. « *Nous avons appelé notre nouvelle petite fille Zindziswa, comme la fille du poète xhosa Samuel Mqhayi, qui m'avait tant fait rêver, il y avait des années* », confiera-t-il dans *Longue marche vers la liberté* (1994).

De retour après un voyage, le poète avait découvert que sa femme avait donné naissance à une petite fille. « *Il ne savait pas qu'elle était enceinte et il avait cru que l'enfant avait un autre père. Dans notre culture, quand une femme donne naissance à un enfant, le mari n'entre pas dans la maison où elle est enfermée pendant dix jours. Mais le poète, trop furieux pour observer cette coutume, se précipita dans la maison avec une sagaie, prêt à en transpercer la mère et la fille. Mais, quand il regarda la petite fille et qu'il vit qu'elle lui ressemblait comme deux gouttes d'eau, il s'en alla en disant* "U zindzinle", *ce qui signifie* "Tu es bien établi". *Il l'appela Zindziswa, la version féminine de ce qu'il avait dit* ».

Malgré ces turpitudes, le couple reste profondément uni. « *L'amour que nous avons vécu auprès de lui, mes enfants et moi, je ne pense pas que nous ne le trouverions jamais ailleurs*, confiera Winnie dans les années 1970. *La compréhension, la foi, l'assurance qu'il vous donne - quand bien même la nation toute entière aurait sa part - vous font toujours sentir que vous occupez une place à part dans son cœur. Je savais, quand je l'ai épousé, que j'épousais la lutte, la libération de mon peuple. Mais dans les brefs moments que nous passions ensemble, il était très tendre* ».

A la ferme de Rivonia, où se cache l'état-major de l'ANC, entré en clandestinité, Winnie vit des moments d'amour aussi intenses que fugaces. Nelson Mandela est finalement arrêté en 1963 puis jugé lors du célèbre procès de Rivonia, dans lequel il risque la peine de mort. Le jour du verdict, en juin 1964, Nelson lui adresse des sourires encourageants durant le procès. Mais, intransigeant, il plaide pour une société multiraciale et libre. « *Un idéal* » pour lequel il se dit prêt, « *s'il le faut, à mourir* ».

Lorsque le verdict tombe, la prison à vie, Winnie contrôle ses émotions. Elle garde une prestance remarquable... et remarquée. Devant les caméras de télévision, sur des images d'archives que l'on peut voir au Musée de l'apartheid à Johannesburg, elle sourit, le regard perdu dans l'infini, aux portes du tribunal. « *L'effet, en cet instant de détresse, en a été sublime et presque triomphant* », écrira Allister Sparks, un journaliste sud-africain de renom, à qui n'échappe pas la toute première acclamation populaire destinée à la « *camarade Winnie Nomzamo Mandela* ».

L'histoire fera de Winnie Mandela un animal politique à la hauteur et à la dimension de son illustre époux, dont elle va contribuer largement à la renommée. Elle en paye très cher le prix. Elle a droit à deux visites par an à Robben Island, qui vont en fait se limiter à une visite tous les deux ans au début, en raison des vexations infligées par les autorités.

Sa correspondance est censurée par l'administration pénitentiaire, qui biffe de gros traits noirs des passages entiers des lettres qu'elle adresse à son mari. Ce dernier garde précieusement dans sa cellule une photo de Winnie seins nus, en tenue traditionnelle, une lueur d'espoir dans son quotidien de prisonnier à perpétuité. Devenue fervente anglicane, elle prie à Johannesburg, aux côtés d'un prêtre qui lui fait suivre des retraites.

« *Au lieu de se tourner vers l'ANC pour y trouver du réconfort et du soutien, elle se tourna vers d'autres hommes* », affirme la journaliste britannique Emma Gilbey dans une biographie à charge intitulée *The Lady: The Life and Times of Winnie Mandela* (Jonathan Cape, 1993).

En réalité, elle prend surtout appui là où elle peut, et tend déjà à rendre les coups qu'on lui inflige. En octobre 1964, quand elle apporte à manger à un militant en prison, un gardien qui ne la reconnaît pas lui casse un bras en la prenant pour la petite amie noire d'un prisonnier indien.

Lorsqu'elle veut s'habiller lors d'un énième raid policier nocturne qui la surprend en chemise de nuit, elle tient en respect le policier blanc qui fait intrusion dans sa chambre alors que sa jupe n'est pas boutonnée. Elle le flanque à terre, et un meuble entraîné dans la chute lui casse une vertèbre. Elle sera jugée pour avoir résisté aux forces de l'ordre. Son avocat, Me George Bizos, obtient l'acquittement après lui avoir conseillé de se comporter devant la cour « *comme une dame et non pas comme une amazone* ».

Assignée à résidence, interdite de quitter Orlando West à Soweto, licenciée de tous ses emplois, elle devient teinturière, apprentie journaliste, vendeuse dans un magasin de chaussures. Et doit se battre pour la scolarité de ses filles, renvoyées de toutes les écoles à la suite des pressions de la police.

Elle se résigne à les envoyer dans un pensionnat au Swaziland, financé avec l'aide des amis de la famille. Arrêtée en mai 1969 pour avoir imprimé des tracts de l'ANC, elle est jetée dans un « panier à salade » devant ses filles apeurées, alors en vacances.

Elle craquera sous la torture en prison, se fera traiter de « *vendue* » par ses codétenus, avant d'être dévastée par la nouvelle de la mort dans un accident de voiture de Thembi, le fils aîné de Mandela, qu'elle considère comme son enfant. Des messages de soutien lui parviennent, et les prisonniers l'appellent « Mama Wethu », « *mère de la Nation* », pour la remonter. La femme qui sort de prison 17 mois plus tard est radicalement transformée par son traumatisme.

« *Aujourd'hui,* dira-t-elle dans les années 1980, *je sais que, si quelqu'un m'affrontait l'arme à la main, je tirerais sur lui pour la défense de mes principes. Voilà ce qu'ils m'ont appris. Jamais je n'y serais parvenue toute seule. Je ne cache pas qu'aujourd'hui, j'irais de bon cœur arroser de mon sang l'arbre de la liberté, si c'est le prix qu'il faut payer pour que les enfants que j'élève ne connaissent pas la vie que j'ai eue. Ce sont eux qui ont généré cette amertume qui est en nous. Nous voulons y mettre fin et, si besoin est, nous emploierons leurs méthodes à eux, car c'est le seul langage qu'ils comprennent* ».

En 1970, elle a droit à sa cinquième visite en six ans à Robben Island. Au retour, son cœur lâche. Elle a 34 ans et vient de faire une crise cardiaque. Elle retournera en prison d'octobre 1974 à avril 1975, dans la ville de Kroonstadt, pour avoir simplement commis le délit d'avoir reçu un ami de la famille pour déjeuner.

Rendue responsable, à tort, des émeutes écolières de Soweto en 1976, elle sera bannie en 1977 à Brandford, dans un township rural situé à 400 kilomètres de Soweto. Sa fille cadette, Zindziswa, l'y accompagne, la soutenant moralement et trouvant dans sa mère une amie qu'elle ne quittera plus jamais. Elle fait office à la fois de camarade de lutte armée, d'attachée de presse et de « filtre » pour avoir accès à elle.

Lorsqu'elle retourne à Soweto en 1985 en pleine campagne Free Mandela, elle est devenue un leader politique à part entière. Une femme qui a connu la dépression et s'est éloignée au fil des ans de son époux, avec lequel elle ne partage pas le même sens politique du compromis. Ce qu'elle lui reprochera à mots à peine couverts, comme toute l'Afrique du Sud noire. En 1986, alors que Mandela entame des négociations en secret avec l'ennemi, elle menace d'enflammer le pays avec « *nos boîtes d'allumettes* », allusion au supplice du collier de feu infligé aux informateurs de la police, réels ou supposés.

Sa popularité et son franc-parler représentent à la fois son principal atout et sa plus grande faiblesse. Elle se sent tout permis, ce que lui reproche dans les années 1980, entre autres, une autre militante anti-apartheid, Albertina Sisulu voit en elle un franc-tireur aussi incontrôlable qu'indiscipliné. Elle est approchée, voire manipulée, par de nombreuses personnes intéressées, parmi lesquelles des informateurs de la police, dont elle paiera pour les agissements violents au sein de sa milice, le Mandela United Football Club (MUFC).

Mais elle ne lâche rien : ni un pardon devant la Commission vérité et réconciliation en 1997, malgré la supplique de Desmond Tutu, ni le moindre regret. La dernière vidéo d'elle, qui circule de manière virale en Afrique du Sud et diffusée peu avant sa mort avec l'aval de sa fille Zindziswa, qui y figure également, la montre plus ferme que jamais : « *J'écumais de rage. Jusqu'à ce jour je demande à Dieu de me pardonner pour ne pas lui avoir pardonné. Il agissait pour le public, pour une stratégie de communication, me suppliant de dire que j'étais désolée. Je n'allais pas dire désolée comme si j'avais été responsable de l'apartheid. Comment a-t-il pu oser, vraiment ?* »

ROSA PARKS, ASSISE POUR QUE NOUS PUISSIONS NOUS LEVER

Parfois une action ordinaire peut devenir un geste exceptionnel, c'est ce que nous apprend l'histoire de Rosa Parks.

Cette femme est devenue le symbole de tout un peuple, de la lutte contre la ségrégationniste raciale aux États-Unis en faisant un geste ordinaire à une époque où ce geste de l'était pas. Elle fut à la fois témoin et victime de la ségrégation raciale qui y a fait rage au sein de la communauté noire des Etats-Unis. Après son geste historique dans cet autobus à Montgomery en Alabama, à l'origine d'une longue marche pour les droits civiques dans ce pays, elle a consacré toute sa vie à ce combat pour la justice et l'égalité.

Rosa Louise McCauley ne devient Rosa Parks qu'après son mariage, elle est née le 4 février 1913, à Tuskegee, Alabama (États-Unis). Fille ainée d'une famille très modeste de deux enfants, son père James et sa mère Leona Mccauley étaient respectivement charpentier et institutrice. Son enfance fut marquée par des problèmes de santé (amygdalite chronique) et par le divorce de ses parents. C'est la raison pour laquelle elle grandit dans une ferme avec sa mère, son frère cadet et ses grands-parents.

En raison des problèmes relatifs à la scolarisation des Noirs américains à cette époque, elle fut éduquée par sa mère à la maison jusqu'à l'âge de 11 ans. Elle fut

ensuite envoyée à « l'Industrial School for Girls », à Montgomery, où habitait sa tante, une institution qui avait été fondée par des familles blanches du Nord des États-Unis pour les enfants noirs.
Un peu plus tard la jeune Rosa allait faire ses études secondaires à l'*Alabama State Teachers College for Negroes*. Néanmoins, elle ne put aller au bout de ses études, car elle dut prendre soin de sa grand-mère puis de sa mère qui était tombée malade.

En 1932, Rosa épousa un barbier adepte de la cause des droits civiques, Raymond Parks, membre de l'Association de l'Alabama pour la promotion des gens de couleur (*National Association for the Advancement of Colored People*, NAACP). Rosa a travaillé en tant que couturière de 1930 à 1955, entre autres emplois.

Elle et ses parents ont vécu l'oppression de la ségrégation raciale. Son grand-père avait d'ailleurs l'habitude de monter la garde la nuit devant leur ferme contre les actions du Ku Klux Klan qui avait brulé à deux reprises la *Montgomery Industrial School for Girls.*
« Enfant, je pensais que l'eau des fontaines pour les Blancs avait meilleur goût que celles des Noirs».

Pour Rosa, les autobus étaient l'un des plus forts symboles de cette ségrégation raciale. Elle devait aller à l'école à pied, alors que les enfants blancs avaient droit à l'autobus scolaire.

« Je voyais passer le bus chaque jour. Mais pour moi, c'était comme ça. Nous n'avions d'autre choix que d'accepter ce qui était notre quotidien, un très cruel quotidien. Le bus fut un des premiers éléments par lesquels je réalisais qu'il y avait un monde pour les Noirs et un monde pour les Blancs ».

À l'âge adulte, elle s'est impliquée de manière très discrète dans quelques organisations de lutte pour les droits civils, comme la *National Association for the Advancement of Colored People* et l'*American Civil Rights Movement*.

Un jour de décembre 1955, Rosa Parks sortit de l'ombre par un simple geste qui allait marquer sa vie et l'histoire des États-Unis d'Amérique : elle refusa de céder sa place à un passager blanc dans un autobus à Montgomery (Alabama) alors que le chauffeur le lui demandait.

Assise dans le bus, Rosa ne bougeait pas. Le conducteur a crié de nouveau : « Les Noirs doivent se lever pour laisser la place aux Blancs. Toi, là-bas, lève-toi et laisse ta place au monsieur ! »
En principe, les quatre premiers rangs des bus de Montgomery étaient réservés aux passagers blancs.

Les Noirs devaient s'asseoir à l'arrière alors qu'ils représentaient les trois quarts des utilisateurs. Rosa avait déjà subi ce genre d'humiliation à plusieurs reprises. Son refus de céder sa place n'a pas été un acte spontané. Elle était bien consciente de la violation de ses droits, tout comme ceux de tous les Noirs des États-Unis de l'époque. Voici deux extraits de son témoignage qui en disent long.

« D'abord, j'avais travaillé dur toute la journée. J'étais vraiment fatiguée après cette journée de travail. Mon travail, c'est de fabriquer les vêtements que portent les Blancs. Ça ne m'est pas venu comme ça à l'esprit, mais c'est ce que je voulais savoir : quand et comment pourrait-on affirmer nos droits en tant qu'êtres humains ? Ce qui s'est passé, c'est que le chauffeur m'a demandé quelque chose et que je n'ai pas eu envie de lui obéir. Il a appelé un policier et j'ai été arrêtée et emprisonnée ».

« Les gens racontent que j'ai refusé de céder mon siège parce que j'étais fatiguée, mais ce n'est pas vrai. Je n'étais pas fatiguée physiquement, ou pas plus que d'habitude à la fin d'une journée de travail. Je n'étais pas vieille, alors que certains donnent de moi l'image d'une vieille. J'avais 42 ans. Non, la seule fatigue que j'avais était celle de céder ».

À la suite de son arrestation, Rosa reçut une amende de 15 dollars. Quelques jours plus tard, soit le 5 décembre 1955, elle fit appel de ce jugement. Comme l'a si bien signalé Jesse Jackson,
Elle s'est assise pour que nous puissions nous lever. Paradoxalement, elle a ouvert les portes de notre longue marche vers la liberté.

Cet acte courageux a été la goutte d'eau qui allait faire déborder le vase. Ce fut l'élément déclencheur, le catalyseur, le point de départ de la grande marche vers la justice et le respect des droits civiques aux États-Unis.

La réaction fut immédiate à la suite de l'arrestation de Rosa Parks. Les associations de défense des droits civiques entreprirent un mouvement visant à boycotter les compagnies ségrégationnistes d'autobus. Les différentes associations et églises ne tardèrent pas à rejoindre le Mouvement pour le progrès de Montgomery. Un pasteur de vingt-sept ans venus d'Atlanta, Martin Luther King, s'afficha rapidement comme le chef de file du mouvement. Trois revendications furent formulées immédiatement : « *la liberté pour les Noirs comme pour les Blancs de s'asseoir où ils veulent dans les auto bus ; la courtoisie des chauffeurs à l'égard de tout le monde; l'embauche de chauffeurs noirs* ». Le boycottage de Montgomery joua un rôle majeur dans le leadership de Martin Luther King.

Le chemin a été long. Une décennie de combat. Ce vaste mouvement pour les droits civiques a été couronné avec le fameux discours de Martin Luther King « *I Have a Dream* ». Cette campagne qui a duré 381 jours a abouti, le 13 novembre 1956, à la cessation des lois ségrégationnistes dans les bus, décrétée par la Cour suprême qui les déclara anticonstitutionnelles. *Le président démocrate Lyndon Johnson signa, respectivement en 1964 et 1965, la loi sur les droits civiques puis la loi sur le droit de vote.*

Rosa Parks continua pendant toute sa vie à défendre les droits civiques. Elle est devenue une icône pour le mouvement des droits civiques. Elle a notamment travaillé avec le représentant afro-américain du Michigan, John Convers. En 1987, elle a créé le Rosa and Raymond Parks Institute for Self Development. Elle est devenue une figure emblématique de la lutte contre la ségrégation raciale aux États-Unis, ce qui lui a valu le surnom de « *mère du mouvement des droits civiques* » de la part du Congrès américain.

Rosa Parks passe de l'autre coté de la rive le 24 octobre 2005 à Détroit au Michigan. De nombreuses initiatives ont marqué son départ. Le président américain a décrété la mise en berne des drapeaux à travers tous les États-Unis le jour de son enterrement. Sa dépouille est restée exposée pendant deux jours dans le pavillon du Capitole pour un hommage public. Toute la classe politique américaine lui a rendu hommage, y compris le président George W. Bush dans une allocution télévisée, alors qu'un tel privilège est habituellement réservé aux hommes politiques et aux soldats. En fait, elle est devenue la première femme et la 31e personne à recevoir cet honneur après l'ancien président Ronald Reagan en juin 2004.

Ses funérailles ont réuni des milliers de personnes. Le nombre d'Américains qui lui ont rendu hommage dans les premiers jours suivant ses obsèques est estimé à 60 000. De nombreuses personnalités, entre autres, l'ancien président Bill Clinton, la sénatrice de New York Hillary Clinton, le pasteur noir Jesse Jackson, des élus noirs du Congrès et des dirigeants du mouvement des droits civiques ont assisté à ses funérailles.

Les premières places des bus de Montgomery sont restées vacantes depuis l'annonce de son décès jusqu'à ses funérailles. On y trouve une photo de Rosa Parks entourée d'un ruban et cette inscription : « *La société de bus RTA rend hommage à la femme qui s'est tenue debout en restant assise* ».

De son vivant, Rosa Parks a été honorée à plusieurs reprises. Elle a reçu, en 1979 la Spingarn Medal et la médaille d'or du Congrès américain. Elle a reçu de nombreux hommages et distinctions. Plusieurs écoles, rues et autres institutions portent son nom. De nombreux ouvrages et articles lui sont dédiés. Elle reste et demeure l'un des plus grands symboles de la lutte pour les droits civiques aux États-Unis.

ANGELA DAVIS

L'histoire de la ségrégation raciale aux Etats-Unis porte les traces de deux figures emblématiques dont le combat a traversé les époques et a servi de lanterne à plusieurs générations sur le chemin de la dignité humaine. Ces deux figures sont les célèbres Martin Luther King et Malcolm X.

A ces héros qui ne sont plus à présenter, s'ajoute une femme dont la détermination et la bravoure a véritablement impacter pour faire bouger les lignes et rétablir de manière progressive, une forme de justice sociale pour la communauté noire des États Unis. Le nom de cette icône est Angela Davis, l'une des figures les plus importante du mouvement des droits civiques afro-américains.

Angela Yvonne Davis, est née dans une famille afro-américaine, à Birmingham (Alabama, USA), dès son plus jeune âge, elle est marquée par le racisme, le mépris et les humiliations incessantes de la ségrégation raciale sous un climat de violence à l'endroit de la communauté Noire. Une violence matérialisée par des bavures policières, des arrestations récurrentes et des attentats perpétrés contre des familles noires dans les quartiers défavorisés.

C'est donc face à l'expérience militante de ses parents qu'elle acquiert très tôt une conscience politique et humaine.

Angela fait ses classes dans une école secondaire privée de Greenwich Village (New York) dont le corps enseignant est majoritairement à gauche et interdit d'enseignement public. Cette école lui offre les clés du combat pour la justice et l'égalité entre les Hommes.

Elle y découvre le mouvement socialiste, communisme et est fascinée par l'expérience utopique de Robert Owen (1771-1858), celui que l'histoire considère comme le "père fondateur" du mouvement coopératif.

Un peu plus tard, Angela intègre Advance, une organisation de jeunesse marxiste-léniniste, et participe déjà à des manifestations de soutien au Mouvement des droits civiques.

En 1962, Angela Davis obtient une bourse pour suivre des études supérieures à l'université Brandeis dans le Massachusetts. Quelque temps après, elle découvre les œuvres de Jean-Paul Sartre et d'Albert Camus qui seront un véritable déclencheur pour elle.

A partir de la troisième année d'études, Angela Davis effectue plusieurs séjours en France et en Allemagne pour y étudier la philosophie.

Elle nourrit la frustration de ne pouvoir participer à l'effervescence militante du combat de libération des Noirs, et notamment le "Black Power Party", elle prend alors la décision de rentrer aux Etats-Unis. Angela rejoint à San Diego, le philosophe et sociologue marxiste Herber Marcuse (1898-1979) qui accepte de reprendre la direction de sa thèse.

Angela Davis milite sans cesse en faveur des droits des Noirs et se heurte très rapidement aux fortes rivalités que traversent le Mouvement de libération de la communauté Noirs des Etats-Unis.

Pour elle, cette lutte de libération doit s'inscrire dans le cadre du mouvement révolutionnaire socialiste. Or le marxisme est rejeté par la plupart des organisations nationalistes qui pensent que les Noirs ne doivent compter que sur eux-mêmes.

En 1968, Angela Davis adhère au Che-Lumumba Club, une section réservée aux Noirs du Parti communiste des Etats-Unis, ainsi qu'au mouvement des « Black Panthers » (mouvement révolutionnaire afro-américain).

Un mouvement qui se dresse comme une véritable armée de la communauté noire et pour défendre le peuple noir de toutes formes de violences et d'injustice qui se dresse sur le chemin. Dès cette alliance, Angela Davis est surveillée par le FBI et renvoyée de l'université de Californie à Los Angeles.

En 1970, Angela Davis est accusée d'avoir organisée une prise d'otage qui a fait quatre morts dans un tribunal. Arrêtée et emprisonnée, elle passe seize mois de détention avant d'être jugée. Avec courage et la détermination qu'elle a héritée de ses parents, Angela Davis clame continuellement son innocence au point de déclencher un vaste mouvement de soutien d'abord aux Etats-Unis, puis dans le monde entier.

Déclarée non coupable par le jury du tribunal, la guerrière sera finalement libérée et échappe ainsi à la peine de mort.

Après sa libération, Angela Davis milite encore plus et son militantisme transverse même les États Unies. Elle publie plusieurs essais ou prononce des discours radicaux pour la paix au Vietnam, pour la lutte contre le racisme, contre l'industrie carcérale et surtout contre la peine de mort.

Angela est également l'une des théoriciennes du Black feminism, un mouvement qui lie à la fois les problématiques du sexisme et de la ségrégation raciale. Elle estime que "la libération de l'homme noir ne pourra être effective que lorsque l'homme noir cessera d'asservir sa femme et sa mère ".

Sa rébellion réside au fond de son âme. D'ailleurs elle pense qu'il faut lutter contre toutes les formes de domination qui existe dans le monde.

En 1980 et en 1984, elle se présente aux élections présidentielles américaines comme candidate à la vice-présidence aux côtés de Gus Hall (1910-2000), leader du parti communiste des États-Unis d'Amérique.

Aujourd'hui Angela Davis est enseignante à l'Université de Californie à Santa Cruz, elle continue d'interpeller les dirigeants politiques sur la place des femmes dans la société occidentale.

La profondeur de son engagement peut se percevoir à travers l'un de ses propos les plus pertinent : "*Je n'accepte plus les choses que je ne peux pas changer. Je change les choses que je ne peux pas' accepter.*"

KIMPA VITA, « JEANNE D'ARC DU KONGO »

Son histoire est l'une des moins connues mais paradoxalement, peut être l'une des plus douloureuses; Brûlée vive sur un bûcher, la prophétesse Kimpa Vita a libéré la fierté de l'identité noire et porté une foi émancipatrice sur un continent tout entier.

Avec une allure élancée, une prestance de sainte et « de très grands yeux » comme elle était décrite au début du XVIIIe siècle.

Les missionnaires européens disaient de Kimpa Vita qu'elle était une grande prophétesse du Kongo. En réalité, si plusieurs écrits parle d'elle, « c'est qu'elle cause une certaine inquiétude aux colons portugais et l'inquisition des territoires par l'implantation du christianisme ».

Une inquiétude suffisamment importante pour qu'on veuille porter atteinte à sa vie, comme le précise l'historienne Catherine Coquery-Vidrovitch.

Kimpa Vita, de son nom chrétien Dona Beatriz, utilise la même arme que celle de ses ennemis : la religion.

Un jour, alors qu'elle est à peine âgée de 20 ans, la jeune femme a une révélation. Saint Antoine, un chrétien vénéré par les colons portugais, lui apparaît en vision. Tel un frère, il est noir. Il lui ordonne de retrouver Pedro IV, l'actuel roi du Kongo qui a déserté le royaume, et de le ramener à Mbanza Kongo, la capitale (appelée São Salvador par les Portugais), afin d'unifier le royaume qui souffre de divisions internes.

À cette époque, le Royaume Kongo recouvre un immense territoire du centre de l'Afrique, s'étendant de l'Angola au Gabon actuels, en passant par les deux Congo. Une zone ou voit se développer l'intensification de l'esclavagisme.

La révélation mystique de Kimpa Vita suscite l'espoir dans cette région colonisée. Trois siècles plus tôt, les colons arrivés par bateaux avaient été traités par le roi comme des partenaires commerciaux. « Il y avait alors une bonne entente entre chefs côtiers et négriers portugais ou hollandais », souligne Catherine Coquery-Vidrovitch.

La conséquence directe de cette vision des choses a fait en sorte que les missionnaires portugais et capucins, également présents, propagent la religion chrétienne dans le royaume et s'efforçant de pousser tout le peuple à se convertir et à délaisser les religions ancestrales déjà présentes sur le territoire et ainsi se soumettre à ne plus utiliser les armes pour se défendre mais se défendre par la parole de Dieu ; le roi se convertit lui-même en 1591.

Mais les révélations de Kimpa Vita ont été à l'origine de l'acharnement pour sa mise à mort par les colons. Elle affirmait que : « *Jésus-Christ n'est pas blanc, mais noir, et la terre sainte est le Kongo* ».

Ces affirmations étaient suffisamment dangereuses pour empêcher les colons d'accomplir la réelle mission qu'ils avaient, celle d'affaiblir le peuple pour faciliter l'accroissement de l'esclavage.
La roue tourne au XVIIe siècle. Alors que les plantations de cannes à sucre deviennent prééminentes en Amérique, « *le commerce des esclaves s'intensifie drastiquement, jusqu'à devenir la traite que nous connaissons. L'Africain se transforme en personnage méprisable dans le regard de l'homme blanc, et le Noir est perçu en simple esclave* », poursuit l'historienne.

En 1703-1704, elle entreprit, sur le plan politique, une campagne pour le retour dans la capitale du Mani Kongo, le Roi Pedro IV. Elle appela au rétablissement de l'unité du royaume et à la restauration de Sao Salvador. Elle ne souhaitait pas que son peuple dépende des puissances coloniales, en proie à l'anarchie, au pillage et au dépeuplement de la population kongo par la traite négrière. Elle annonçait l'avènement des temps nouveaux et le retour à l'âge d'or du royaume kongo

Pour sa franchise qui véritablement déjouait les plans des colons, elle fût arrêtée, jugée par le Conseil Royal des Capucins italiens et condamnée à être brûlée au bûcher.

Le dimanche 2 juillet 1706 à l'âge de 22 ans fut son dernier jour sur terre

SAWTCHE, LA « VENUS NOIRE »

Elle est née sous le nom de Sawtche, celle qui est considérée comme « La Venus Noire ».

Les différentes étapes de sa vie suffisent pour démontrer à quel point la déshumanisation de l'Homme par l'homme a un jour atteint son paroxysme pour écrire les pages les plus obscures de l'histoire.

Saartjie Baartman comme l'avait surnommée ses propriétaires, serait née près de la Gamtoos River (en) (Cap-Oriental) aux alentours de 1789 dans une zone qui correspond à l'actuelle Afrique du Sud, au sein du peuple Khoïkhoï (Khoïsan), le plus ancien de la région sud de l'Afrique.

Son histoire révèle la manière dont la race noire a été longtemps considérée « race inférieure ». Cette femme Khoisan, qu'ils considéraient comme une indigène, a été prise à partir de son pays natal en 1810 après qu'un médecin lui ait dit qu'elle pourrait gagner une fortune en autorisant les étrangers à regarder son corps.

Au lieu de cela, elle est devenue une attraction freak-show étudiée par des supposés scientifiques et exhibée à des voyeurs devenant objet de leur perversion.

Elle a été obligée de montrer « *ses grosses fesses et ses organes génitaux* » au cirque, dans les musées, les bars et les universités, comme une vulgaire prostituée.

Elle France elle porte le surnom ironique de Vénus Hottentote, cette femme née esclave dans l'actuelle Afrique du Sud aux alentours de 1789.

Lorsque Son « maître » l'emmène à Londres en 1810 sous le nom de Saartjie Baartman, elle ne se doute pas une seule seconde de ce qu'elle deviendra par la suite, elle devient une attraction foraine du fait de sa morphologie qui laisse apparaitre des formes peu courantes en Europe, au niveau du bassin et du bas-ventre principalement.

Après avoir été exposée nue dans des cirques en Grande-Bretagne et en Hollande, au profit d'hommes qui tirent parti de son physique auquel était censée correspondre une prétendue sauvagerie, elle suscite l'étonnement dans la France de Napoléon où le racisme « scientifique » est officiellement encouragé par la société.

En mars 1815, Geoffroy Saint-Hilaire, professeur de zoologie au muséum d'histoire naturelle, obtient une autorisation et décide d'examiner leur nouvelle bête de cirque, voyant en elle le spécimen d'une nouvelle « race » et conclut, bien qu'elle parle plusieurs langues que lui-même ignore, qu'elle s'apparenterait aux singes et aux orangs-outangs.

Par la suite, elle sera exploitée sexuellement et prostituée par le montreur d'animaux exotiques Réaux, sa dignité sera complètement souillée, se sentant abandonnée a elle-même dans un monde dans lequel elle est un objet au milieu des hommes, Saartjie commence à boire et ne s'arrête plus.

Elle meurt à Paris le 29 décembre 1815, Cuvier, au nom de l'État et de la science, va prendre possession du corps. Il le disséquera et aboutira à des conclusions étranges : Saartjie serait la preuve de l'infériorité de la « race » nègre et du fait que les Égyptiens de l'Antiquité, quelle que soit la couleur de leur peau, étaient bien de la même « race » que les Français (on spéculait beaucoup sur l'Égypte ancienne dont la magnificence de la civilisation posait problème depuis l'expédition menée en 1798 par Bonaparte.

Un moulage en plâtre du corps de Saartjie et son squelette, prétendues preuves de la supériorité de la « race blanche » seront exposées jusqu'en 1974 au musée de l'homme à Paris.

En 1994, après la fin de l'apartheid, le président de l'Afrique du Sud, Nelson Mandela, demandera à la France la restitution de la dépouille de Saartjie, mais il s'opposera à un refus formulé, sous la pression des scientifiques français, au nom du principe selon lequel elle aurait appartenu à l'État.

Il faudra le vote d'une loi spéciale en 2002 pour que le corps de la « Vénus hottentote » retourne en Afrique du Sud pour y être inhumé, en présence du président Thabo Mbeki, après la crémation rituelle propre aux coutumes de la région où elle était née.

Président sud-africain Thabo Mbeki a déclaré sa tombe « monument national » et a déclaré un second monument sera érigé en son honneur au Cap.
Lorsqu'il a abordé la cérémonie, il a déclaré : « *L'histoire de Sarah Baartman, c'est l'histoire des peuples africains* ».

Cuvier et Geoffroy-Saint-Hilaire sont restés des références dans l'histoire des sciences et ont donné leur nom à deux rues parisiennes, proche du muséum d'histoire naturelle où Saartjie fut examinée puis disséquée.

En 2010, Abdellatif Kechiche a consacré à cette histoire, sous le titre Venus noire, un film dérangeant.

CES PHOTOS SONT ISSUES D'UNE COLLABORATION AVEC LE PHOTOGRAPHE « DA SILVIO PRINCE BIZENGA ».

ELLES REPRESENTENT SA VISION DE « MARTYR LUTHER QUEENS ».

UNE SERIE DE PHOTOS QUI DECRIT LA PUISSANCE INTEMPORELLE DE LA FEMME FACE AUX EPREUVES QU'ELLE TRAVERSE DEPUIS LA NUIT DES TEMPS, MAIS QUI, MALGRE TOUT, NE L'EMPECHENT PAS D'ETRE UNE HEROINE.

WE ARE DIVINE

By Waameeka Samuel- AheVonderae
(New York)

I see heroines everywhere. Women selling produce on the roadside to feed their children, Women in the streets demanding change, and women in the political sphere aiming to reform a system that has largely ignored them. We cannot forget the women using art, film, and entrepreneurship to ensure their voice is heard or the female religious leaders helping to heal the world.

Women uphold the world in every aspect of life. We are builders, creators, warriors, businesswomen, mothers. Aunts, daughters, lovers, artists, and everything in between. There is greatness in our faults and sweetness in our strengths.

We are divine.

ASSATA OLUGBALA SHAKUR

Par Filly Guèye

My fascination with Assata Shakur started during my junior year of undergraduate at Morgan State University (Historical Black University). Her journey through life and the many battles she faced for a better life of her people is what drew my attention. Just like the significance of her name, she was a Heroine in her own right. Assata means "Love for the people" and indeed she did love her people and fight for her people. Assata: An Autobiography (1988) allowed me to discover a new found strength in me as an African woman in society as she was my mirror.

She was an activist, step-aunt and Godmother to the late Tupac Amaru Shakur and I instantly felt a connection provided she was from the concrete jungle, my birth city, New York. She is mostly known as a member of the Black Panther Party and her symbolic political asylum in Cuba. However, her story is quite compelling with her symbolic change of idendity in the process.

She was JoAnne Deborah Bryon before her renaissance as Assata Olugbala Shakur. Reading through her autobiography she revealed: "I had changed a lot and moved to a different beat. I didn't feel like no JoAnne, or no Negro, or no Amerikan. I felt like an African woman. My mind, heart, and soul had gone back to Africa but my name was still stranded in Europe somewhere."

With that rebirth came a new found confidence despite her complex childhood living between her mother's house in New York and her grandparents in North Carolina. She endured the growing pains of a young African amerikan "Negro" woman: from hating her beauty and skin color, running away from home where she became versed in the street life to later on discovering her history and about her strength and significance in the world. With this she focused it through her involvement with black militant organizations in her adult life.

Even though New York was her birth city it seemed to always bring sadness to her life. This is the city where her parents divorced, where her self-esteem took a dive, and this is where she was convicted of a crime she did not commit and faced many accusations. While living in North Carolina with her grandparents, after the divorce of her parents, she gained the opportunity to experience love, support, self-respect and self-worth. Returning to the big apple, she brought back those values with her to live with her mother for a short period given their strained relationship. Her Aunt, Evelyn A. Williams, took her in to provide a stable life. Her years in a white-dominated Catholic School magnifies her need to not follow the system and be the voice of the oppressed. Assata reminded people that "No one is going to give you the education you need to overthrow them. Nobody is going to teach you your true history, teach you your true heroes, if they know that that knowledge will help set you free."

Attending Borough of Manhattan Community College and then the City College of New York, Assata revived herself as a rebellion for the people. However, this puts a target on her back when she was constantly sought after the police for questioning pertaining to shootings, bank robberies, etc. due to her association with the Black Liberation Movement. However, everything took a turn in 1972 when there was a murder of two police officers and Assata is asked to turn herself in. Later on in 1973, she is caught on the New Jersey Turnpike where she is injured during a shoot out where a white officer is killed. Her arm became paralyzed for some time but she manages to gain back the strength on her own physical therapy. Due to her pregnancy, the trial is postponed up until she gives birth to her daughter who is sent to live with her family. Upon continuing the trial in 1977, Assata is found guilty of first degree murder with lack of evidence for a life sentence plus 30 years in which Angela Davis represent her lawyer.

During her life in prison she did her best to fulfill her grandmothers wishes of seeing her a free woman. This motivated Shakur to escape prison with the help of her Black Liberation Army members. Cuba becomes her source of peace and where she finds freedom even though she carries the guilt of her people not being free.

During the rise of the civil rights movement in the African American community, there were many black male activists to celebrate but Assata represented a timeless moment in history due to the fact of being an outspoken woman, an activists and charged of a crime she did not commit to escaping to find asylum in Cuba where she is at peace. Until this day she is on the FBIs most wanted list with a bounty of two million dollars. There was always this divide and conquer mindset of the government based on the fact that the black militant organizations were grabbing the attention of the media.

With the creation of COINTELPRO, many leaders of these organizations were pinned against each other in order to ruin their agenda of bringing awareness to the injustice done. "Nobody back then had ever heard of the counterintelligence program (COINTELPRO) set up by the FBI. Nobody could possibly have known that the FBI had sent a phony letter to Eldridge Cleaver in Algiers, "signed" by the Panther 21, criticizing Huey Newton's leadership. No one could have known that the FBI had sent a letter to Huey's brother saying the New York Panthers were plotting to kill him. No one could have known that the FBI's COINTELPRO was attempting to destroy the Black Panther Party in particular and the Black Liberation Movement in general, using divide-and-conquer tactics…", Assata said.

There will never be a more fascinating story in my eyes given the journey, the community effort to help our own be free. We have kept this woman alive, safe and free from authorities. I say we because this is our story for us and for others to know to know the strength we carry inside as an African descent, as a black community, and as a woman of color. Power to the People and may Peace always prevails for our Queen Assata.

Filly Gueye

BETTY SHABAZZ

Betty est l'épouse de Malcolm X, elle est devenue une activiste politique importante après l'assassinat de son mari en 1965. Elle est née Betty Dean Sanders aux parents Ollie May Sanders et Shelman Sandlin. Ollie May Sanders était un adolescent et Sandlin avait 21 ans quand Betty est née. Ils n'étaient pas mariés. Plusieurs documents indiquent que Betty est née à Pinehurst, en Géorgie, le 28 mai 1934. Parce que Betty a été négligée par Ollie May Sanders, elle a finalement été placée avec Lorenzo Don Malloy et Helen Lowe Malloy qui sont devenus ses parents adoptifs.

Betty Sandlin a grandi dans le cadre de la classe moyenne noire à Detroit, au Michigan. Les Malloys inculquèrent à leur fille adoptive la valeur de l'éducation, de la grâce et de l'éthique chrétienne.
Ils lui ont aussi enseigné les idéaux de l'entraide noire et de la protestation à travers la Ligue nationale des femmes au foyer lancée par Helen Mallory pour soutenir les entreprises noires et boycotter les magasins qui refusaient d'embaucher des travailleurs afro-américains.

Betty est diplômée de Northern High School à Detroit en 1952 et s'est inscrite à l'Institut Tuskegee en Alabama où elle a commencé à étudier l'éducation élémentaire. Elle a changé sa formation en soins infirmiers après des mois de travail à la réception de l'hôpital du campus. En 1953, Sandlin quitte Tuskegee et s'inscrit au Brooklyn State College of Nursing de New York. Elle a obtenu son diplôme de premier cycle trois ans plus tard en 1956.

Cette même année, après avoir assisté à de nombreuses conférences du ministre musulman Malcolm X (anciennement Malcolm Little), Betty Sandlin a rejoint la Nation of Islam. Elle est devenue sœur Betty X et pour la première fois a commencé à reconnaître publiquement le racisme en Amérique.
En janvier 1958, Malcolm et Betty se marient quand Betty a vingt-trois ans. Leur nom arabe était Shabazz.

Betty Shabazz a donné naissance aux filles Attallah, Qubilah, Ilyasah et Gamilah. Peu de temps après l'assassinat de Malcolm en 1965, leurs jumeaux Malikah et Malaak sont nés. Shabazz a élevé ses six filles par elle-même, essayant toujours de rester à l'écart des médias. Elle voulait que ses filles aient une vie familiale normale et une éducation complète. Elle voulait aussi qu'ils connaissent leur identité.

Au début des années 1970, Betty Shabazz a commencé à donner des conférences publiques sur la condition afro-américaine. Alors que ses discours ne remettaient jamais en cause la suprématie blanche à la manière des discours de son mari, elle se battait pour son propre style, pour l'éducation et les droits de l'homme, ainsi que pour les questions cruciales pour les femmes et les enfants.

En 1970, Betty Shabazz a obtenu une maîtrise en administration de la santé publique au Jersey City State College. Par la suite, elle a occupé des postes à temps partiel dans les collèges de la région de New York où elle enseignait la lecture de rattrapage et les soins de santé pour les enfants, alors qu'elle terminait son doctorat en éducation à l'Université du Massachusetts à Amherst.

Elle a obtenu son diplôme en 1975. À l'automne 1976, Betty Shabazz s'est jointe à la faculté du Collège Medgar Evers. Elle a d'abord enseigné les sciences de la santé, mais elle est finalement devenue la directrice des relations publiques du Collège.

Au début des années 1990, Betty Shabazz essayait de rappeler au public l'héritage historique de son mari Malcolm X. Au début des années 1990, un regain d'intérêt pour Malcolm X, dont le film éponyme de 1992 de Spike Lee avec Denzel Washington conscience de cet héritage. Betty Shabazz est morte à l'été 1997, trois semaines après que son petit-fils de 12 ans, Malcolm, ait mis le feu à son appartement Yonkers, à New York. Betty Shabazz avait 63 ans.

NANNY DES MARRONS

Nanny est l'une des plus grandes figures de la résistance jamaïcaine, mais son histoire ne peut être racontée sans évoquer préalablement le portrait des nègres marrons de la Jamaïque.

Les marrons étaient des esclaves qui s'étaient échappés de leurs plantations pour former leurs propres communautés dans les régions montagneuses de l'île.

Ils étaient d'excellents combattants et, pour les colons, les battre n'était pas gagné d'avance. C'est sous la couronne espagnole, aux environs de 1650, que les premiers esclaves ont pu fuir. Plusieurs années après, lorsque les Britanniques débarquent sur l'île, une deuxième partie d'esclaves s'enfuira pour se rallier aux premiers marrons. Les nègres marron de la Jamaïque étaient des esclaves déportés d'Afrique de l'Ouest, de la région Akan, d'où étaient originaires le peuple du Royaume d'Ashanti (qui donnera plus tard le Ghana actuel).

Les nègres marron aidaient les esclaves à s'en fuir de leur plantation pendant plus de 150 ans, menant la vie dure aux propriétaires et dévastant leurs terrains.

Parmi ces esclaves récalcitrants se trouvait donc une femme à la stature assez particulière que l'on avait affectueusement surnommé Nanny.

Nanny est née aux environs de 1686 au Ghana. Elle venait de la tribu d'Ashanti, l'une des plus puissante tribu d'Afrique de l'Ouest, et fut emmenée sur l'île de la Jamaïque en tant qu'esclave alors qu'elle n'était encore qu'une enfant. Plusieurs membres de sa famille faisaient parti du voyage et tous furent vendus sur l'île et dispersés selon les régions. Nanny aurait été vendue à Saint Thomas Parish, une région située aux abords de Port Royal où les esclaves travaillaient jour et nuit, dans des conditions inhumaines, sur les plantations de canne à sucre. Ses trois frères et elle avaient été placés chez un même maître. Mais pour Accompong, Cudjoe, Johnny et Quao, obéir aux maîtres et fournir un aussi dur labeur pour le restant de leur vie étaient absolument inconcevable. Ils décidèrent de partir en marroange et fuirent de leur plantation en prenant le soin d'y aller avec leur sœur Nanny.

Durant leur cavale, les frères ont mis en place une stratégie qui consistait à se disperser pour mieux organiser leurs communautés de marrons. Ainsi, Cudjoe s'installa dans la région de Saint-James Parish où il créera un village qui portera le nom de Cudjoe

Town, Accompong prendra la région de Saint-Elizabeth Parish et créera Accompong Town, tandis que Nanny et Quao formeront leur communauté à Portland Parish.

C'est sur ce territoire que la jeune Nanny y rencontrera son futur époux, Adou, mais ils n'auront pas d'enfants.
Nanny et ses frères devinrent rapidement les héros du peuple. Avec un courage inouï et une fantastique organisation, ils libèrent en très peu de temps des centaines d'esclaves.

Vers 1720, Nanny et Quao parvinrent à contrôler la région des Blue Mountains et lui donnèrent le nom de Nanny Town, un territoire de 500 acres (2.4 km^2) où elles fera habiter les esclaves qu'elle aura réussi à libérer. Nanny Town occupait une position stratégique car sa situation permettait de repérer les ennemis à une haute altitude, ce qui rendait toute embuscade britannique impossible.

En effet, la ville était située sur une crête où à 900-pieds se trouvait un précipice, et le long du précipice, il y avait une voie étroite qui menait à la ville, c'est là que Nanny avaient installés ses gardes à des points stratégiques. Afin d'avertir ses guerriers guetteurs de tout danger imminent, Nanny faisait sonner sa fameuse corne appelée Abeng.

Les marrons de Nanny, extraordinairement bien entrainés, parvenaient à combattre les soldats Anglais là où ces derniers ne pouvaient techniquement pas faire le poids, comme dans les montagnes lors des grandes pluies.

Nanny avait trouvée un camouflage, elle ordonnait à ses guerriers de s'habiller de façon à ressembler aux arbres et aux buissons tout en envoyant quelques hommes pour se montrer volontairement aux soldats britanniques.

Ces hommes servaient d'appât, et une fois repérés, courraient en direction des Marrons camouflés.

Les soldats britanniques qui les avaient suivi étaient ainsi pris d'assaut par les marrons qui les tuaient. Le climat et l'environnement n'aidant pas les Anglais, beaucoup parmi leurs soldats qui s'étaient aventurés à suivre les marrons dans les montagnes sont morts de maladies.

Stratège militaire hors pair, Nanny avait aussi le sens des affaires. Elle avait organisé un commerce basé sur du troc de nourriture, d'armes et de vêtements, qui permettait de faire vivre sa communauté.

Les marrons de Nanny Town vivaient aussi d'élevage de bétail et d'agriculture car Nanny avait textuellement imité le mode de vie des villages africains Ashanti, le climat de l'île de la Jamaïque le permettait d'ailleurs très bien. Et puis, elle ne manquait pas d'entraîner ses soldats à récupérer les biens des maîtres esclavagistes lorsqu'ils allaient libérer d'autres esclaves avant de saccager complètement leur terre.

En trente ans, Nanny avait réussi à faire fuir plus de 800 esclaves.

On attribuait à Nanny des pouvoirs occultes car elle pratiquait la religion Obeah, que l'on retrouve d'ailleurs encore aujourd'hui au Suriname, en Jamaïque, à Trinidad et Tobago, en Guyane, aux Barbades ou autres pays des Caraïbes.

La religion Obeah est un mélange de mysticisme et de magie blanche et noire. On sait par exemple qu'elle s'était moquée de certains soldats britanniques en leur demandant d'utiliser leurs armes à feu sur elle. À leur grand étonnement, les balles avaient simplement glissé sur les vêtements de Nanny, rendant encore plus mystérieuse cette femme qui leur menait la vie dure depuis des années et qu'ils ne parvenaient vraisemblablement pas capturer.

Nanny aimait rappeler qu'elle avait hérité ses pouvoirs magiques et ses connaissances en stratégie du combat du Royaume d'Ashanti d'où elle était originaire. Elle possédait un grand savoir-faire dans le domaine des herbes curatives et des traitements traditionnels, c'est pourquoi elle n'hésitait pas à en faire profiter toute la communauté.

Elle était en même temps guérisseuse et médecin. Pour toutes ces raisons, sa communauté lui vouait une grande estime et l'affectionnait profondément.

Tous, étaient les enfants de Nanny. Dans le Journal of the Assembly of Jamaica du 29 et 30 Mars 1733, un esclave noir qui aurait combattu dans la première guerre contre les marrons, le Capitaine Sambo, aussi connu sous le nom de William Cuffee, était cité dans la rubrique de "l'esclave loyal" en ces termes : car ce très bon Nègre a tué Nanny, la femme rebelle Obeah. En effet, entre 1728 et 1734, Nanny Town et d'autres communautés des marrons furent sévèrement attaquées par les forces britanniques, c'est à ce moment là, en 1733, qu'elle sera tuée.

NEFERTITI

Son nom signifie « *La belle est venue* », Néfertiti est dans le cercle fermé des femmes les plus belles de l'histoire. Sa notoriété a traversé les âges au point d'inspirer plusieurs générations de femmes et d'artistes, qui en ont fait un véritable modelé à l'image de ce qu'elle était déjà de son vivant.

Néfertiti a été l'épouse d'Akhenaton, le dixième pharaon de la XVIIIe dynastie, située du XVIe au XIIIe siècle avant J.-C. Elle se marie très tôt, à l'âge de 17 ans, alors que son époux n'en a à cette époque que 12.

A l'époque, elle a une grande influence politique et religieuse, en particulier dans le culte du dieu solaire Aton. Elle est donc très importante pour tout le peuple.

Avec son époux Akhénaton, ils décident de quitter le palais royal de Thèbes pour vivre dans une nouvelle cité au milieu du désert baptisée Akhetaton qui signifie « la ville du soleil ». Nefertiti décide d'adopter le nom de "Nefer-Néférou-Aton" « Splendide est la splendeur d'Aton » et elle encourage les artistes de sa cité à créer continuellement de nouvelles choses.

Dans les œuvres de ces artistes, Nefertiti est souvent représentée aux côtés d'Akhenaton, notamment lorsque celui-ci châtie les ennemis de l'Égypte ou pendant les grandes cérémonies religieuses. Ces constantes représentations témoignent de l'importance de son rôle auprès de son époux.

À Karnak, une allée bordée de sphinx faisait se succéder la tête du roi et celle de Néfertiti. Les scènes de sa vie privée sont, elles aussi, exceptionnelles et sont caractéristiques de l'art amarnien.

Plusieurs aspects de sa vie à la cour sont représentés : sur un char aux côtés de son époux qui l'embrasse affectueusement, en train de se montrer à la foule et de récompenser les méritants, lors d'un repas avec Tiye, sa belle-mère ou encore dans son intimité, en compagnie de son époux et de ses filles.

Le couple royal a eu six filles dont Ânkhésenamon, qui par la suite deviendra l'épouse de Toutânkhamon. Elle fut une souveraine souvent placée sur le même plan que le pharaon. Elle a exercé une influence considérable sur le peuple, ce qui lui a permis d'encourager le culte d'Aton et la philosophie antonienne de son mari.

Il n'existe pas plusieurs détails sur la vie de Néfertiti. A un moment de sa vie, elle essaie de déclencher une révolution artistique et religieuse pour rompre avec l'Égypte classique, cette révolution n'a pu survivre que le temps de son règne. En revanche, énormément de représentations de Néfertiti révèlent qu'il s'agissait d'une très belle femme au visage étroit, aux lèvres sensuelles et au cou harmonieux.

Les deux représentations d'elle les plus connues sont la tête inachevée conservée au musée du Caire et le buste en calcaire peint du musée de Berlin.

Après la mort d'Akhenaton, Néfertiti vit seule dans son immense palais, entourée de quelques artistes dont des musiciens, jusqu'à la fin de ses jours en Egypte en -1333.

MAKEDA, REINE DE SHEBA

Par Diakhaby Meta (Paris, France)

L'Afrique. Si celle-ci a vu naître de ses entrailles l'humanité, elle a aussi vu grandir des femmes farouches, intrépides et très courageuses.

Je suis une mère, une sœur, une fille et une femme avant tout. Alors je vais vous parler de cette mythique femme noire : Makeda, Reine de Sheba (Ethiopie). Elle était belle, indépendante, autocratique et féministe. Les Erythréens la considèrent comme érythréenne, les yéménites yéménite, les éthiopiens éthiopiennes, les sceptiques ne croient pas à son existence passée et l'occident a toujours dans son esprit l'histoire d'une reine à la beauté hors du commun, à la peau laiteuse, se promenant en soutien-gorge affriolant dans les couloirs de son palais !

Elle est celle qu'on surnomme Malika-t Saba chez les Arabes ou Melket Sheva en Israël. Non, je ne vous parlerai pas de Makeda en tant qu'épouse de Salomon. Je vais vous conter l'histoire de cette brave et courageuse Femme noire qui a régné sur le royaume de Saba avec brillance, qui s'étendait du Yémen au nord de l'Ethiopie et en Erythrée.

A l'époque antique, les femmes noires étaient légendairement réputées pour leur beauté, mais surtout pour leur puissance et leur force de caractère.

En effet, l'Éthiopie fut dirigée par une lignée de reines: Belles, puissantes et vierges, mais celle dont l'histoire a survécu est la très célèbre Makeda dite Reine de Sheba.

Makeda qui était la fille d'Agabo et de la Reine Isménie aurait vécu au Xème siècle avant J-C. Elle était réputée pour être une souveraine érudite et sage, qui en même temps devint un personnage très important pour l'église éthiopienne en introduisant le christianisme auprès de ses sujets. Raison pour laquelle, Salomon, roi d'Israël, qui était aussi réputé pour sa sagesse et sa richesse, voulait un enfant de cet illustre reine qu'était Makeda. Il pourrait ainsi avoir un successeur digne de cette lignée africaine majestueuse. Elle donna naissance à Ménélik qui devint par la suite roi d'Éthiopie, faisant ainsi de tous les Éthiopiens des descendants de la dynastie salomonienne. C'est ce que raconte l'épopée nationale éthiopienne, consignée dans Le Kebra Nägäst, la "Gloire des rois".

Il faut savoir que le voyage de Makeda vers Jérusalem a été déterminé par une cause plus importante que le désir d'éprouver la sagacité du roi Salomon. A en juger d'après l'analogie d'autres voyages de prince à prince, des traités commerciaux étaient signés entre ces deux royaumes. Le pays de Saba était richement pourvu de mines d'or, de gemme et d'aromates les plus rares mais ne produisait pas assez d'huiles d'olives et des céréales en quantité suffisante. Les sabéens étaient de grands commerçants dont les caravanes pouvaient atteindre 3000 chameaux. Makeda était avant tout une femme d'affaires très redoutable.

Selon certains récits islamiques, le Roi Salomon invita la Reine Makeda à se soumettre au Créateur de ce monde. Ce qui est intéressant c'est la description faite de Makeda, celle d'un monarque certes, mais un monarque juste et éclairé. Le portrait est donc celui d'une dirigeante apparemment très à cheval sur les principes politiques d'équité et de justice. Les versets coraniques sont en effet très explicites quant à la manière de gouverner de cette illustre femme. Dès qu'elle reçut le message, Bilqis (Elle était ainsi appelée dans le coran S27), réunit une assemblée de dignitaires pour qu'ils réfléchissent et lui donnent la meilleure décision politique à prendre.

Voilà ce que le Coran lui fait dire : « Dignitaires ! dit la reine, conseillez-moi dans cette affaire ; je ne prendrai aucune décision avant de connaître votre avis. » Coran 27 ; 32. Une femme qui dirige l'un des plus grands royaumes de l'époque, n'hésite quand même pas à demander conseil auprès des élus de son peuple. En réalité, ces dignitaires voulaient plutôt enclencher une guerre, mais c'est sans compter sur Makeda, qui préfère une action pacifiste en envoyant beaucoup de présents au roi Salomon, afin de tester sa réaction. Encore une fois cette grande Reine nous prouve sa grande sagesse, son humilité et surtout son pacifisme.

On a souvent entendu cette célèbre expression : *"Se prendre pour la Reine de Saba"*, cela faisait référence à sa confiance en soi, à son intelligence, à sa sagesse ainsi qu'à à sa richesse.

Tandis que des historiens de tous bords polémiquent encore sur l'histoire de la reine de Saba, pour nous, Makeda à la beauté légendaire reste et demeure une figure africaine emblématique, et par-delà cet aspect, une figure féminine dont la force de caractère, universelle, devrait nous inspirer toutes.
En 2008, des recherches faites par des archéologues de l'université de Hambourg, déclarent avoir retrouvé les ruines du palais de la reine de Saba, sont venus accréditer la tradition éthiopienne.

MIRIAM MAKEBA, MAMA AFRICA

Un jour ou l'autre vous avez surement fredonné l'une de ses chansons, si ce n'est pas encore le cas, je suis presque convaincu qu'un membre votre famille a déjà eu à le faire. Cette femme est dans le wagon de ces personnes qui ne sont plus à présenter ; de ces héroïnes qui ont dédiées toute leur vie au bien de d'autres personne ; mais comme les générations se succèdent et sélectionnent elles-mêmes ses héros et héroïnes, je vais m'efforcer de présenter cette héroïne qu'on ne présente plus.

Elle est venue au monde en 1932, dans la capitale sud-africaine, Zenzi, diminutif d'Uzenzile qui signifie, « Tu ne dois t'en prendre qu'à toi-même », sa vie commence d'une manière plutôt étrange, elle n'a que quelques jours lorsque sa mère est inculpée durant six mois pour avoir fabriqué de la bière afin de subvenir aux besoins de sa famille. J'oubliais, à sa naissance elle porte le nom de *Zenzile Makeba Qgwashu Nguvama*. Son père perd la vie alors qu'elle n'a que cinq ans.
En 1947, les nationalistes afrikaners gagnent les élections et plongent le peuple noir dans l'arbitraire et la violence qui ouvre les pages du livre sombre de l'apartheid.

À l'âge 20 ans, Zenzi Makeba, qui est d'abord bonne d'enfants puis laveuse de taxis, vit seule avec sa petite fille Bongi et sa mère. C'est là qu'elle commence à chanter, presque par hasard, avec les Cuban Brothers, puis devient choriste du groupe Manhattan Brothers, en 1952, qui lui donne son nom de scène, Miriam. Comme le destin de chacun est écrit même avant sa naissance, la jeune Miriam gagne très rapidement en notoriété et devient une vedette.

Mais soucieuse des larmes de son peuple, elle se sert de sa lumière pour dénoncer les évènements obscurs dont les siens sont victimes, sous régime brutal de l'apartheid. En 1956, elle écrit son plus grand succès, la chanson « Pata Pata », avec laquelle elle fait le tour du monde. Cette chanson sera d'ailleurs reprise en français par Sylvie Vartan sous le titre Tape Tape en 1980. En 1959, elle est contrainte à un exil qui durera 31 ans, en raison de son apparition dans le film anti-apartheid Come Back, Africa du cinéaste américain Lionel Rogosin. Lorsque sa mère meure, elle ne peut assister à ses obsèques, du fait de son interdiction de séjour en Afrique du Sud.

Elle ne reviendra en Afrique du Sud qu'à la libération de Nelson Mandela, emprisonné avec la plupart des dirigeants du Congrès National Africain (ANC) au pénitencier de Robben Island.

Partout dans le monde, elle ne cessera de prononcer des discours anti-apartheid et d'appeler au boycott de l'Afrique du Sud devant les Nations Unies. Miriam Makeba chante en zoulou, en xhosa, en tswana. Ses mélodies chantent la tolérance et la paix. Elle vit partout et nulle part en même temps, elle libre et traquée, aux Etats-Unis, en Guinée, en Europe.

Partout dans le monde elle est devenue le symbole de la lutte anti-apartheid. Dans ses chansons, elle ne laisse aucune place à l'amertume, elle préfère chanter le courage et la dignité à toute épreuves qu'ont rencontrent dans la vie. En 1966, Miriam Makeba reçoit un Grammy Award pour son disque An evening with Harry Belafonte and Miriam Makeba et devient la première Sud-Africaine à obtenir cette récompense.

En 1985, sa fille Bongi décède en Guinée des suites de son accouchement qui se passe mal ; malgré cette douleur, elle ne baisse pas les bras et en 1987, elle rencontre à nouveau le succès grâce à sa collaboration avec Paul Simon dans l'album Graceland. Peu de temps après, elle publie son autobiographie « Makeba: My Story » qui rencontre un énorme succès.

Son mariage en 1969 avec le militant des droits civils afro-américain Stokely Carmichael, chef des Black Panthers, lui cause des ennuis aux États-Unis. Elle s'exile à nouveau et s'installe en Guinée.

Elle décorée par l'état Français au titre de Commandeur des Arts et Lettres en 1985 et devient Citoyenne d'Honneur cinq ans après, donc en 1990.

Cette distinction coïncide avec la sortie de prison du célèbre Nelson Mandela qui la persuade de rentrer à la maison, dans son Afrique du Sud natale. En 1992, elle interprète le rôle de la mère (Angelina) dans le film Sarafina. Un film très poignant qui raconte les émeutes de Soweto en 1976.

En 2002, elle partage le Polar Music Prize avec Sofia Gubaidulina ; l'un de ses plus grands rêves a été de voir une grande Afrique unie. Pour son pays, elle exhortait ses frères noirs au pardon : « Il faut nous laisser grandir. Les Noirs et les Blancs doivent apprendre à se connaître, à vivre ensemble ».

Plusieurs de ses morceaux ont eu un succès énorme dans le monde entier et ont été repris par plusieurs artistes à travers le globe.

En 2005, elle avait annoncé qu'elle mettait fin à sa carrière, mais qu'elle continuait à défendre les causes auxquelles elle croyait. Celle que l'histoire appellera à jamais « Maman Africa », décède le lundi 10 novembre 2008, à l'âge de 76 ans, à Naples des suites d'un malaise et sans doute de tout l'épuisement des différentes épreuves de sa vie.

C'est donc sur scène que Mama Africa tiendra debout pour la toute dernière fois, à l'issue d'un concert de soutien à l'auteur de "Gomora", traqué par la Mafia.

MARIAMA BA

Elle est née en 1929 à Dakar. Dès son jeune âge, elle est orpheline de mère et est élevée par sa grand-mère dans un milieu traditionnel musulman.

D'un père ministre de la santé à l'époque de la loi cadre, Mariama Ba sera la première romancière africaine à décrire la place de femmes africaines dans la société africaine.

Considérée très brillante par ses camarades de l'école Normale des jeunes filles de Rufisque où, après de brillantes études, elle obtiendra son diplôme d'institutrice en 1947.

Mariama Ba dispensera des cours pendant douze ans dans son rôle d'institutrice. Plus tard et principalement pour des raisons de Santé, Mariama Ba obtient une affectation à l'Inspection Régionale de l'Enseignement du Sénégal.

Elle sera mère de neuf enfants, divorcée, et a été l'épouse du député sénégalais Obèye Diop.

Mariama Ba a dit avoir subi plusieurs influences sur le plan scolaire, ces influences ont été déterminantes pour la suite de sa vie ; parmi ces influences, on peut relever celle de Madame Berthe Maubert (évoquée dans le roman), qui, au CM2, organisait des cours supplémentaires pour le rayonnement de son école et qui lui a inculqué en profondeur, les règles grammaticales qui régissent la langue française.

Elle parle aussi de Madame Germaine Le Goff, à l'école Normale de Rufisque, qui a eu obtient la distinction de meilleur professeur de français au Lycée « Van Vo », aujourd'hui « actuel Lycée Lamine Gueye ». Il y a également l'encadrement de son père qui lui a donné le goût de la lecture en lui ramenant régulièrement des livres à ses retours de voyage et en lui apprenant à s'exprimer correctement.

Son père lui demandait également des comptes rendus de lecture pour encourager Mariama Ba à lire et comprendre les œuvres qui passaient sous ses yeux.

Elle sort en 1979 son premier roman intitulé « Une si longue lettre », une œuvre qui connait un énorme succès aussi bien au Sénégal qu'à l'échelle internationale au point de devenir un classique de la littérature africaine. Ce livre est traduit en plusieurs langues et en 1980, il obtient le prix Noma en novembre 1980 à Francfort.

L'année qui suivra sera une année triste, vu qu'elle sera l'année de décès de Mariama Ba des suites d'un cancer le 17 août 1981, juste quelque temps avant la publication de son second roman « Le chant écarlate ».

Ce roman sera finalement publié à titre posthume. C'est que le destin avait décidé de prendre prématurément une femme à la carrière qui s'annonçait prometteuse.

Son roman "Une si longue lettre", qui jusqu'à ce jour reste l'une des meilleurs œuvres littéraires africaine, est un roman épistolaire où la narratrice Ramatoulaye, face à son impuissance devant le destin adresse une longue lettre à sa meilleure amie Aïssatou pour évoquer leurs souvenirs communs, leurs destins croisés et leurs déceptions.

Par cette lettre, l'auteure dresse le portrait d'une société polygame pleine d'injustice, d'ingratitude et d'inégalités qui profitent aux hommes au détriment de la femme.

Ayant elle-même vécu une expérience de mariage assez troublante, Mariama Bâ s'engage pour nombre d'associations féminines en propageant l'éducation et les droits des femmes, en incitant les femmes à s'instruire du mieux qu'elles peuvent.

Elle prononcera des discours et publiera des articles encore présents dans les archives de la presse locale.

Aujourd'hui, un établissement à Gorée porte son nom, ses œuvres reflètent les conditions sociales des femmes africaines en général. Ressort les nombreux problèmes des sociétés africaines : polygamie, castes, exploitation des femmes etc. L'héritage de Mariama Ba est donc dédié non pas seulement à la jeunesse sénégalaise mais aussi à la jeunesse africaine voir même à la jeunesse mondiale.

MAYA ANGELOU, LA POETESSE MILITANTE

Maya Angelou est une femme de lettres, actrice et militante afro-américaine dont le véritable nom est Marguerite Johnson. Elle est une figure importante du mouvement américain pour les droits civiques.

La petite Marguerite vient au monde le 4 avril 1928 à Saint-Louis (Missouri, Etats-Unis), et est le second enfant de Vivian Baxter Johnson, infirmière, et de Bailey Johnson, portier. Dès son jeune âge, son grand frère, Bailey Jr, l'appelle Maya, surnom dérivé de « My » ou « Mya Sister ». Très tôt alors qu'ils sont encore dans leur petite enfance, leurs parents se séparent, et Bailey les envoie vivre chez leur grand-mère, Annie Henderson, dans l'Arkansas.

Quatre ans plus tard, sans prévenir qui que ce soit, Bailey revient chercher les enfants pour les ramener à leur mère à Saint-Louis. Le nouveau compagnon de Vivian, un homme du nom de Freeman, abuse sexuellement de la petite Maya alors âgée d'à peine huit ans.

La fillette en parle à son frère, qui alerte le reste de la famille. Jugé coupable, Freeman n'est emprisonné que pour un jour. Quelques jours après sa libération, il est assassiné, probablement par un oncle de Maya. Elle est alors convaincue qu'il a été assassiné parce qu'elle a révélé son nom, la petite Maya entre alors dans une longue période de mutisme et refuse de parler.

Quelques temps après, Maya et son frère sont renvoyés chez leur grand-mère. C'est chez sa grand-mère qu'elle rencontre une amie de la famille qui est professeure et qui lui fait découvrir la littérature qui va être l'élément qui l'aidera à se remettre à parler.
La petite Maya développe durant cette période, un grand intérêt pour les livres et la lecture, qui lui offriront un univers dans lequel elle se sent bien. De cette nouvelle aventure elle réalisera progressivement qu'elle a une excellente mémoire et de grandes capacités d'écoute et d'attention. Mais cette grave blessure de son enfance a été tellement profonde qu'il lui a fallu cinq ans avant de sortir de son mutisme. A l'âge de quatorze ans, son frère et elle retournent vivre chez leur mère, en Californie, où ils poursuivent leurs études. Maya passe son diplôme en 1945, tout en travaillant comme conductrice de tramway à San Francisco. A l'âge de dix-sept ans, elle donne naissance à un fils, Clyde.

En 1951, Maya épouse Tosh Angelos, un électricien et aspirant musicien grec, malgré la désapprobation de sa mère et le fait que les mariages mixtes sont très mal vus. Elle prend des cours de danses modernes puis de danses africaines, et rencontre danseurs et chorégraphes, se produisant lors d'évènements à San Francisco mais sans connaître le succès. A la fin de son mariage, trois ans plus tard, Maya se fait embaucher pour danser et chanter dans des clubs, et adopte le nom de scène de « Maya Angelou ».

En 1954-1955, elle participe à une tournée de l'opéra *Porgy and Bess* en Europe, et apprend plusieurs langues au cours de cette période. En 1957, elle enregistre son premier album, *Miss Calypso*.

En 1959, Maya rencontre le romancier John Oliver Killens, qui lui suggère de s'installer à New York et de se concentrer sur l'écriture. Elle y rejoint le Harlem Writers Guild, premier club d'écrivains afro-américains, et se lance dans l'écriture d'autobiographies, de scénarios, de poèmes, d'essais. Elle sera publiée pour la première fois en 1969. En 1960, Maya rencontre Martin Luther King Jr. et soutient activement son organisation militant pour les droits civiques, la Southern Christian Leadership Conference (SCLC).

En parallèle, elle s'engage contre l'apartheid. Avec le militant sud-africain Vusumzi Make, Maya s'installe quelques temps au Caire, puis à Accra au Ghana, où elle travaille notamment comme journaliste et se produit au théâtre. C'est à Accra qu'elle rencontre et devient amie avec Malcolm X au début des années 1960.

En 1965, elle retourne aux Etats-Unis pour l'aider à bâtir une nouvelle organisation en faveur des droits civiques, l'Organization of Afro-American Unity, mais Malcolm X est assassiné peu de temps après. Dévastée, comme elle le sera à nouveau en 1968 lors de l'assassinat de Martin Luther King Jr, Maya se concentre à nouveau sur sa carrière d'écrivaine, tout en continuant à se produire au théâtre.

I Know Why the Caged Bird Sings

En 1969, il sort sa première œuvre qui est également sa première autographie, *I Know Why the Caged Bird Sings* « *Je sais pourquoi chante l'oiseau en cage* », une œuvre qui lui vaut une reconnaissance internationale. Elle y raconte sa jeunesse, du moment où son jeune frère et elle sont arrivés pour la première fois chez leur grand-mère, au moment où elle est devenue mère à son tour.

En 1972, sort son film *Georgia, Georgia*, premier film au scénario écrit par une femme noire. Elle entame une période artistique très productive, composant des musiques de films ou pour des chanteurs, écrivant articles, nouvelles, scénarios, poésie, autobiographies, produisant des pièces de théâtre, enseignant à l'occasion à l'université et jouant quelques rôles. Elle reçoit durant cette période de nombreuses récompenses, dont une trentaine de diplômes honorifiques de nombreuses universités à travers le monde.

A la fin des années 1970, Maya rencontre Oprah Winfrey, dont elle deviendra une amie proche et mentor. En 1981, elle accepte une position de professeure à l'Université de Wake Forest, en Caroline du Nord, pour y enseigner notamment la philosophie, l'éthique, la théologie, le théâtre ou l'écriture. Elle poursuit, en parallèle, sa carrière artistique dans la poésie, le cinéma et la musique.

En 2008, Maya soutient Hillary Clinton lors des primaires du Parti démocrate pour les élections présidentielles, puis soutient ensuite Barack Obama lorsqu'il remporte les primaires. En 2013, elle publie sa septième autobiographie, *Mom & Me & Mom*. A la différence des six précédentes, qui évoquaient chacune chronologiquement une période de sa vie, ce dernier ouvrage s'attache plus généralement à sa relation avec sa mère.

Maya Angelou meurt le 28 mai 2014, à l'âge de 86 ans. Des hommages internationaux lui sont rendus. Maya Angelou est devenue une véritable source d'inspiration, une figure emblématique aux Etats-Unis, et ses livres sont au programme des écoles.

L'un de ses poèmes les plus célèbres est « *Still I Rise* », traduit par « *Je m'élève encore* ».

Vous pouvez me rabaisser pour l'histoire
Avec vos mensonges amers et tordus,
Vous pouvez me traîner dans la boue
Mais comme la poussière, je m'élève pourtant,
Mon insolence vous met-elle en colère?
Pourquoi vous drapez-vous de tristesse
De me voir marcher comme si j'avais des puits
De pétrole pompant dans ma salle à manger?
Comme de simples lunes et de simples soleils,
Avec la certitude des marées
Comme de simples espoirs jaillissants,
Je m'élève pourtant.
Voulez-vous me voir brisée?
La tête et les yeux baissés?
Les épaules tombantes comme des larmes.
Affaiblie par mes pleurs émouvants.
Es-ce mon dédain qui vous blesse?
Ne prenez-vous pas affreusement mal

De me voir rire comme si j'avais des mines
D'or creusant dans mon potager?
Vous pouvez m'abattre de vos paroles,
Me découper avec vos yeux,
Me tuer de toute votre haine,
Mais comme l'air, je m'élève pourtant.
Ma sensualité vous met-elle en colère?
Cela vous surprend-il vraiment
De me voir danser comme si j'avais des
Diamants, à la jointure de mes cuisses?
Hors des cabanes honteuses de l'histoire
Je m'élève
Surgissant d'un passé enraciné de douleur
Je m'élève
Je suis un océan noir, bondissant et large,
Jaillissant et gonflant je tiens dans la marée.
En laissant derrière moi des nuits de terreur et de peur
Je m'élève
Vers une aube merveilleusement claire
Je m'élève
Emportant les présents que mes ancêtres m'ont données,
Je suis le rêve et l'espérance de l'esclave.
Je m'élève
Je m'élève
Je m'élève

LA DIVA NINA SIMONE

Si la musique a été autant reconnue à travers le monde, c'est que très tôt certains artistes ont réalisés toute la richesse qu'il y a en elle. Une richesse à la fois fusionnelle et difficile à décrire. Pour certains, la musique est un moyen de s'évader, de voyager, de partager, de vivre et même de s'oublier. Pour d'autres, la musique est un bouclier contre les injustices de tout genre.

C'est dans cette dernière catégorie que s'inscrit la célèbre Nina Simone. Dans une de mes chansons dont le titre est " J'imagine ", pour décrire cette dame j'ai écrit : Tomber si bas mais retrouver le summum, comme si Martyr Luther Queen était le réel nom de Nina Simone.

Eunice Kathleen Waymon est son réel nom, c'est le 21 février 1933 à Tryon, en Caroline du Nord, dans une famille de pasteurs méthodistes, que la divine Nina Simone voit le jour.

Cette artiste aux milles talents, est surement la plus grande icône de la musique noire afro-américaine. Nina Simone, cette artiste qui ne cesse d'influencer les artistes contemporains partout dans le monde, est à la fois chanteuse, musicienne compositrice, et militante.

Idolâtrée par des millions des millions de fans à travers le monde, elle demeure l'une des artistes noirs les plus respectées du monde, jusqu'à l'heure actuelle.

Cette artiste de jazz est en réalité inclassable, elle jouait également du folk, de la soul, du blues, de la musique classique ainsi que plusieurs autres styles musicaux.

Mais comme, malgré la beauté des roses, elles finissent toujours par fanée, c'est le 21 avril 2003, que le ciel a décidé de reprendre cette icône qu'il nous avait prêté. Depuis ce jour elle reste à tout jamais la plus grande diva du jazz et du blues.

Grande amoureuse de la musique dès son plus jeune âge, Nina Simone commence par apprendre à jouer du piano à l'âge de six ans et demi. Plus tard, elle intègre en tant que chanteuse la chorale de la paroisse qu'elle fréquente.

Aidée par son enseignante Mrs Miller, qui créa le « Fonds Eunice Wayman », elle a pu poursuivre de brillantes études musicales. Plus tard, elle sera présentée à Muriel Massinovitch ou Miss Mazzy qui la prendra aussitôt sous son aile.

Eunice Waymon est ensuite inscrite à la Juliard School de New York et suit des cours du 3 juillet au 11 août 1950, en préparation au concours d'entrée au Curtis Institute of Music de Philadelphie.

Après la formation à New York, elle passe le fameux concours pour réaliser son rêve de devenir la première pianiste classique noire des États-Unis mais se voit recalée au grand concours d'entrée, en raison notamment de sa couleur de peau et du mépris dont est victime la communauté noire à cette époque.

Mais rien de tout cela ne rétrécit sa motivation, elle va retenter sa chance au concours, s'installe à Philadelphie et suit des cours particuliers auprès de Vladimir Sokhaloff, un professeur au Curtis Institute.

Pour payer les cours, elle travaille tour à tour comme assistante d'un photographe, comme pianiste accompagnatrice chez un professeur de piano et ensuite comme professeur indépendante de piano.

Mais le quotidien n'est pas toujours facile et comme le dit le dicton ' Aide toi et le ciel t'aidera" ; Pour payer ses cours de musique classique, Eunice Waymon devient en 1954 pianiste-chanteuse de jazz et de blues au Midtown Bar & Grill d'Atlantic City. Elle décide alors d'utiliser un pseudonyme pour se cacher de ses parents choisit Nina Simone, en référence à son idole Simone Signoret.

Lors des saisons estivales, elle y travaillera à temps partiel, mais n'oubliera pas pour autant ses cours de classique.

Le grand tournant de sa carrière sera sa rencontre avec Jerry Fields, un agent artistique qui la fait jouer dans les grands clubs de jazz et de blues de New York. Désormais, le jazz et le blues, qui ne devaient être au départ que des moyens pour payer ses cours de classique, deviennent ses principales passions.

Lors d'une de ses prestations à New York, elle fait la rencontre du guitariste Alvin Schackman, avec qui elle signe ensuite chez le label Bethlehem Records.

En 1957, Nina Simone sort son premier album intitulé « Little girl blue », qui jouit d'un grand succès. Les Chanson s « I love you, Porgy » et « He needs me » font propulser la vente de l'album à plus d'un million d'exemplaires.

Durant les quinze prochaines années, la divas produira au minimum un album par année, jusqu'à totaliser en 1974, pas moins de 25 albums studios et live à son actif.

Mais sa vie familiale ne se porte pas aussi bien que sa vie artistique, Nina est quasiment exploitée par son mari qui est également son manager.

Nina s'exile dans les années 70 à La Barbade ainsi qu'au Liberia et entame une série de voyages en Suisse, en Grande-Bretagne, en Hollande, en Belgique et en France. Elle résume la vie amoureuse par une de ses citation : « Tu dois apprendre à quitter la table quand l'amour n'y est plus servi.»

De retour aux Etats Unis, elle continue à enregistrer et sort de 1978 à 1993 sept nouveaux albums. Son succès sera propulsé par sa reprise émouvante de la Chanson de Jacques Brel « Ne me quitte pas », qu'elle sort en 1987.

L'année 1991 verra la sortie de « I put a spell on you », son autobiographie. L'un des titres de Nina Simone, le plus connu dans le monde est surement « Feeling Good ».

Mais cette immense icone a traversée des cyclones dans sa carrière, après avoir connu un succès fulgurant à travers le monde, et s'être produit sur les scènes les plus prestigieuses ; Nina Simone s'est retrouvée à jouer sans aucun complexe dans des petits cafés de quartiers comme une novice du milieu alors qu'elle demeure jusqu'à ce jour la meilleure dans son domaine.

Finalement la vie de Nina Simone est une leçon de vie, ce qui m'a poussé un jour à écrire dans un de mes morceaux : « Tomber si bas mais retrouver le summum, comme si Martyr Luther Queen était le réel nom de Nina Simone ».

Après toutes les turpitudes de son existence, elle est allée s'installer dans le sud de la France, à Carry-le-Rouet, dans les Bouches-du-Rhône.

Celle qui a dit un jour « Je mourrai à soixante-dix ans, parce qu'après ce n'est que de la douleur », meurt dans sa résidence française, à l'âge de 70 ans, d'un cancer du sein le 21 avril 2003.

Ses cendres ont été dispersées en Afrique.

Celle dont l'héritage a été ignoré pendant plusieurs décennies a enfin rejoint la place qu'elle mérite dans nos cœurs. Plusieurs de ses tubes sont repris par des artistes contemporains, dont « Young, gifted & Black » repris par Aretha Franklin et Donny Hathaway , « Lilac wine » repris par Jeff Buckley et « Feeling good » repris par Muse .

« My baby just cares for me » est utilisé en 1987 pour une publicité du Chanel numéro 5. De nombreux artistes hip hop comme Timbaland, Will.I.am, Kanye West, Lil Wayne, Common et Talib Kweli feront également des reprises des Chansons de la diva.

Aujourd'hui on ne compte plus ses Chansons qui sont utilisées comme génériques de films et autres œuvres à travers le monde, On peut résumer sa vie avec une de ses citations : « Je ne suis pas une chanteuse de blues, je suis une diva ».

NDATE YALA MBODJ

Par SIMON KOUKA, ARTISTE RAPPEUR

SENEGAL soyez fier d'elle
Africa soyons digne d'elle
Ndaté yala Mbodj Reine du walo

Mes frères soyez fier d'elle
Mes sœurs soyez digne d'elle
Ndaté yala Mbodj reine du walo

Parlons de la 1ère force qu'à rencontrer le colon au Sénégal
Son 1er affront sa désillusion ses 1ère larme
Parlons de cette femme brave courageuse et digne
Qui a su mener son peuple tout en étant en 1ère ligne

Au SENEGAL la 1ère autorité qu'a rencontré le colon
C'était une femme Ndaté yala Mbodj retenait le nom
Faidherbe n'en revenait pas de voir une Dame à la tête
De tout ces thiédos en Dread locks prêt à exécuter ces requêtes

Son règne débuta le 1 Octobre 1846
Elle Exerça le pouvoir tel un brack s'appropriant tous les titres
Un chef d'état une résistante une vraie nationaliste
Guerrière insoumise mais aussi mère éducatrice

Son règne sera marqué par une défiance permanente des français
Contre lesquels elle a livré une bataille acharnée
Contrairement à sa sœur Ndieubote qui était très diplomate
Il était en aucun cas question pour elle de leur passer la pommade

Elle s'opposa au ravitaillement de bétail sur l'île de St Louis
Le dixième du troupeau qui traverse ces terres sera retenu
Qu'elle compté diriger le walo comme bon lui semble
Qu'elle n'avait aucun ordre à recevoir de l'administration dans son ensemble

Malgré les menaces du gouverneur elle fait prévaloir ces droits
Hors de question que l'autorité coloniale lui impose sa loi
Elle prend le contrôle des marigots y interdit le commerce
La guerre était inévitable pour les deux camps vu le contexte

LE SACRIFICE DES FEMMES DE NDER

Cette histoire m'a été raconté un jour et je me suis dit qu'il est important, voir nécessaire qu'elle soit rependue en Afrique et même dans le monde entier.
Il y a longtemps, très longtemps, un mardi du mois de novembre de l'année 1819, des femmes animées de leur simple courage décidèrent de mener une énorme action contre la terrible machine de l'esclavage. Parmi ces femmes, il y avait à la fois ces servantes, des paysannes, des aristocrates, des jeunes et des vieilles qui avaient le même souhait de mettre fin à aux exactions dont elles étaient victimes.

En l'absence des hommes du village partis au travail, des esclavagistes maures cherchaient à les faire prisonnières. Dans leurs chants de célébration à la mémoire de ces femmes d'exception, les griots, conteurs africains, assurent que ce jour-là, vêtues de vêtements de leurs maris, pères ou frères, elles tuèrent plus de trois cents Maures alors que le combat était inégal.

Les femmes du Walo se sentirent rapidement perdues. C'est à ce moment précis qu'une voix s'éleva parmi elles: c'était la voix de Mbarka Dia, la confidente de la reine; son message disait :

Femmes de Nder !
Dignes filles du Walo !
Redressez-vous et renouez vos pagnes !
Préparons-nous à mourir !
Préférez-vous qu'on dise plus tard à nos petits,
Enfants et à leur descendance
Vos grands-mères ont quitté le village comme captives?
Ou bien !
Vos aïeules ont été braves jusqu'à la mort ?
Nous devons mourir en femmes libres, et non vivre en esclaves.
Que celles qui sont d'accord
Me suivent dans la grande case du conseil des Sages.
Nous y entrerons toutes et nous y mettrons le feu...
C'est la fumée de nos cendres qui accueillera nos ennemis.
Puisqu'il n'y a d'autre issue, mourrons en dignes femmes du Walo !
 Elles s'exécutèrent toutes, sauf une, enceinte, que les autres laissèrent s'enfuir, afin que leur héroïque sacrifice soit conté.
Ce symbole est pour moi vêtue d'une très grande lueur, accepter de se donner la mort pour garder sa dignité tout en refusant d'être capturé et emprisonner comme une bête, est pour moi un véritable acte de bravoure ; ce respect de la dignité humaine doit être enseigner partout sur terre, pour relever des cales de

l'oubli, la bravoure de ces femmes qui nous ont données une véritable leçon de vie et dont on doit être fiers.

Martin Luther King parlait de son vivant, parlait de défendre une cause pour laquelle on doit être prêt à mourir ; Pour le respect de la mémoire de ses héroïnes, nous devons enseigner cette histoire à nos enfants.

NZINGA, LA REINE DU MATAMBA

Elle est le symbole même de la force des femmes africaines. Mbande Nzinga a dirigé quarante années durant, le grand royaume qui deviendra un jour l'Angola, après avoir farouchement tenue tête aux colons Portugais.

Nzinga a été à la fois une dirigeante remarquable par sa diplomatie, et une guerrière farouche et déterminée. Elle est un véritable symbole d'indépendance même si plusieurs historiens la décrivent comme une barbare au parcours entaché de toute la violence de son époque.

C'est à l'âge de 80 ans qu'elle qui cette terre après avoir durablement marqué l'histoire de la région qui plus tard deviendra l'Angola.
Elle était reine du Ndongo et du Matamba, de petits royaumes voisins du Kongo, lorsque les Portugais entamaient leur installation sur la côte au début du XVIIe siècle, elle a tenir tête à ces explorateurs et commerçants venus de l'étranger avec des ambitions d'asservissement du peuple autochtone.

Mais la reine ne voyait pas les choses de la sorte, d'ailleurs elle a bouleversé les mœurs de son propre peuple. Fille du roi du Ndongo, elle sert d'abord comme ambassadrice en 1622 pour son frère Ngola Mbandi lorsque celui-ci hérite du pouvoir.

Envoyée auprès des Portugais, l'histoire raconte qu'elle refuse de se laisser intimider par le gouverneur Dom Joao Correia de Sousa : lorsque celui-ci trône face à elle, Mbande Nzinga réclame à une servante de s'agenouiller pour qu'elle puisse s'asseoir dessus et siéger à même hauteur que son interlocuteur.

Lors de la rencontre entre Nzinga et le gouverneur portugais à Luanda en 1622. La ville est un port commercial en plein essor, qui dépend notamment de l'esclavage.

L'année qui suit, elle succède à son frère, qui est très affaibli au trône. Nzinga qui est un grand stratège, mènera une longue campagne contre la puissance coloniale Portugaise et leurs alliés, jouant d'alliances avec les Hollandais, de retraites stratégiques et d'offensives audacieuses.

Nzinga est une Femme de pouvoir très intelligente, elle occupe tous les aspects de celui-ci : politique, diplomatique et militaire. Pour gagner la confiance des colons, elle se convertira même au christianisme et deviendra par la suite une redoutable femme de lettres, tout en plaçant autour d'elle plusieurs femmes dont elle est proche.

Sa sœur sera l'une de ses principales espionnes auprès des colons. D'autres confidentes commanderont des unités militaires.

En 1657, elle imposera finalement aux Portugais un traité de paix, qui ralentira considérablement leur installation dans la région. Elle dirigera encore une quinzaine d'années, ouvrant la voie à une série de reines qui dirigeront les peuples du Ndongo et du Nzinga, créant une originale lignée de femmes dirigeantes dans cette partie de l'Afrique.

C'est la raison pour laquelle elle est devenue une icône dans l'histoire de son pays et même au delà, sa façon de diriger son royaume a été la clé de sa longévité, c'est surement une résultante de son intelligence durant tout son règne. Nzinga est donc un modèle pour les femmes et les filles africaine, son histoire particulière monde qu'une femme peut tenir les rênes d'un pays faire en sorte que ce pays brille quelque soit les ennemis en face.

LES AMAZONES DU DAHOMEY, UNE ARMEE DE FEMMES AU SERVICE D'UN ROYAUME

Dans notre 21eme siècle, le nom « Dahomey » n'a plus la teneur qu'il avait autrefois, ce nom a participé à écrire les plus précieuses page de bravoure. Dans ce territoire d'Afrique de l'ouest qui porte désormais le nom de Benin, il s'est dans le temps produit des choses extraordinaires qui méritent d'être racontée aux peuples du monde entier.

Les explorateurs portugais arrivent pour la première fois sur ce territoire 15ème siècle. Implantés, ils rendront très vite cette terre célèbre grâce à la traite négrière, surtout entre le 17ème et le 18ème siècle. A cette époque, tout se passe plutôt bien pour eux, d'ailleurs ils prendront très vite l'initiative de renommer ce lieu en : la « Côte des Esclaves ».

Alors que les Britanniques et les Français se battent pour contrôler la Boucle du Niger, les Français parviennent progressivement à imposer leur domination au Dahomey. Au départ il s'agit d'un traité « d'amitié et de commerce » signé en 1851, mais en 1861, ils obtiennent une autorisation pour que les missionnaires français puissent s'y installer. En 1864, ils obtiennent le protectorat de la ville de Cotonou et sur le Royaume de Porto-Novo.

En 1892, la France prend l'initiative d'attaquer le Dahomey en évoquant des prétextes assez étranges, tels que le cannibalisme, les sacrifices humains ou la polygamie pratiqués par la population autochtone. Il s'agit en réalité d'une diversion pour ne pas clairement énoncer sa volonté d'accroitre sa domination en Afrique Equatoriale Française (AEF) dans cette course effrénée de conquêtes au détriment des populations endogènes ; mais aussi d'atteindre les possessions britanniques qui dominent le Nigéria.

C'est le Colonel Dodds qui est à la tête de cette armée qui s'apprête à attaquer le Dahomey. Elle est composée de plus de 3000 hommes qui partent de la côte, de Cotonou, et qui se dirigent vers Abomey, capitale du pays.

Ils ont comme cible principale, le Roi Béhanzin qui dirige le Royaume du Dahomey. Les populations locales qui doivent faire face à une armée inattendue ne vont pourtant pas se laisser faire, car même si leurs moyens sont très rudimentaires comparés à ceux des Français, ils se montreront récalcitrants durant presque deux années.

Mais la date du 26 octobre 1892 restera à jamais marquée dans la tête du Colonel Dodds, il s'agira pour lui, selon ses propres dires, de « la journée la plus meurtrière de cette guerre ».

En effet, alors qu'ils n'étaient qu'à 50 kilomètres d'Abomey, les soldats français sont confrontés à un phénomène étrange et auquel ils n'ont jusque-là encore jamais eux affaire : devant eux, une armée immense leur bloque le passage ; une armée féroce et armée jusqu'aux dents composée de femmes ! Mais qui sont-elles ? Les très respectées Amazones du Dahomey.

Très vite, Dodds en est informé : ce sont les « Amazones » du Roi Béhanzin, des femmes guerrières connues pour se battre avec violence et énergie. Elles n'ont absolument pas peur de la mort, et tuer ne leur fait pas froid aux yeux. En général, elles combattent au-devant de l'armée car elles sont sans pitié face à leurs ennemis et très résistantes au combat.

Le colonel Dodds avait lui-même déjà entendu parler de SEH-DONG-HONG-BEH, une femme au courage exceptionnel qui avait dirigé une armée de 6000 Amazones vers 1852. Pour Dodds, il y a donc de quoi sérieusement s'inquiéter.

Les Amazones du Dahomey sont minutieusement sélectionnées à l'adolescence, et toute leur vie elles s'exercent au métier des armes. Leur entraînement quotidien est très pénible. Elles apprennent à manier les armes et sont conditionnées psychologiquement et religieusement à l'obéissance et à la vénération du Roi. Elles sont vierges et doivent éliminer toute possibilité de fonder une famille, elles sont donc condamnées au célibat.

Elles disposent de plusieurs armes, parmi leurs armes de combat, les Amazones sont équipées d'amulettes destinées à les protéger de leurs ennemis et à faire fuir les mauvais esprits. En 1890, le Roi Béhanzin aurait négocié avec les Allemands en tronquant 400 esclaves contre 26 000 fusils, 6 canons, 4 mitrailleuses et des munitions. L'organisation de l'armée des amazones du Dahomey est répartie en 5 spécialités dont 3 infanteries :

- Les fusillères qu'on appelle « les Gulonento »; elles portent une cartouchière à compartiments. Leur poudre est soigneusement conservée dans des feuilles de bananiers.
- Le archères ou « les Gohento », on en trouve de moins à moins depuis l'existence des armes à feu ; elles restent néanmoins présentes et servent d'auxiliaires et de « porteuses » pendant les combats.
- Les faucheuses appelées « les Nyekplohento » armées d'une énorme lame de 45 cm au bout d'un manche de 60 cm.

- Les artilleuses
- Et l'Elite, les chasseresses qui sont sélectionnées pour leur force physique et leur stature. Elles sont très respectées. Normalement, elles ne participent que rarement au combat et seulement quand il s'agit d'un grand combat mettant le Roi Béhanzin lui-même en danger, ainsi que la nation.

Contre les Français, la présence de cette dernière catégorie de combattante était de rigueur.
Dans un cas de force majeure comme celui-ci, les Amazones utilisent la technique dans laquelle elles excellent : la technique du corps à corps. Ainsi, tandis que les Français instaurent une certaine distance, elles cherchent à trouver le moyen de créer un affrontement physique. Elles vont pratiquer le « roulé-boulé » pour s'infiltrer en dessous des haies des baïonnettes des soldats français pour les piéger physiquement.

Les Français sont véritablement surpris par leur courage car elles n'hésitent pas à brandir des têtes de leurs ennemis qu'elles ont sauvagement décapités pour les déstabiliser ; et quand elles parviennent à les confronter physiquement, elles sont souvent gagnantes.

Cependant, et malgré une résistance terrible, les Amazones ne pourront plus faire face aux Français qui utilisent des équipements visiblement sophistiqués. Elles périssent de plus en plus, et alors qu'elles étaient au nombre de 1200, elles ne sont plus qu'une centaine à combattre l'armée française, elle aussi visiblement réduite. Elles n'ont plus assez d'espoir, mais elles refusent de lâcher prise. Certaines manifestent leur colère et leur haine aux Français en se coupant un sein et en frappant violemment à mort ceux qu'elles peuvent attraper.

Au final, en novembre 1892, lorsque les Français atteignent la capitale, elles ne sont plus qu'une cinquantaine. C'est alors la chute du Royaume Dahomey et la fin du corps d'armée des Amazones.

Le Roi Béhanzin fuira à l'intérieur du pays où il continuera à lutter contre les Français jusqu'en 1894 et finira par se rendre. Il sera déporté en Martinique, puis en Algérie où il s'éteindra. La victoire sera certes entre les mains des Français, mais la question restera de savoir si l'armée française aurait tenu devant les Amazones si elle avait été armée aussi faiblement qu'elles.

Ce qui est certain, c'est que le soldat qui avait le malheur de tomber entre les mains d'une Amazone avait peu de chance de s'en sortir. Et beaucoup parmi ces soldats français qui ont combattu les Amazones raconteront pendant longtemps, et longtemps encore, l'habilité, le courage et la force de ces femmes noires prêtes à perdre la vie pour protéger leur roi et sauver leur royaume.

AOUA KEÏTA, LA SAGE-FEMME ET MILITANTE

Ce beau continent a connu plusieurs héroïnes parfois méconnues des peuples même pour qui elles se sont battues directement, dans ce registre des femmes que l'histoire souhaite injustement de nous faire oublier, il y a cette brave femme du nom de Aoua Keita.

Cette anticolonialiste occupe une place digne de ses efforts et prises de risques pour la libération de son peuple. Elle exerçait en tant que sage-femme. C'est à Bamako au Mali que cette brave héroïne a ouvert les yeux en 1912.

Dès son jeune âge, elle est admise au sein de la première école pour filles de la ville en 1923. Un peu plus tard, en 1931, elle poursuit ses études de sage-femme à l'École de médecine de Dakar au Sénégal. C'est dans cette même école qu'elle obtiendra son diplôme en 1931.

Membre du Rassemblement démocratique africain (RDA), elle contribua à la mise en place de sections féminines et prit en charge la propagande électorale dans les nombreux postes où elle fut affectée en tant que sage-femme.

En 1958, elle fut nommée commissaire à l'organisation des femmes de son parti et, l'année suivante, elle devient députée, ce qui fait d'elle la première femme d'Afrique francophone élue à l'Assemblée législative de son pays.

Parallèlement à ses activités politiques, Aoua Keita créa un syndicat féminin en 1956 et participa à la mise en place d'une organisation féminine panafricaine. Elle mènera son combat pour la justice et pour améliorer la place de la femme durant tout sa vie qui prendra fin en 1980

LUIZA MAHIN,
LA STRATEGE INFAILLIBLE

Luiza Mahin est une afro-brésilienne défenseure de la liberté née au début du 19e siècle. Elle a participé à de nombreuses révoltes et aux soulèvements d'esclaves de la province brésilienne de Bahia en mettant à profit son activité de marchande ambulante pour distribuer des messages et des prospectus en faveur de la lutte pour la résistance.

Une stratégie infaillible qui a été déterminante pour l'avancement de la lutte mettant ainsi tous les membres au même niveau d'information sur les différentes stratégies à mettre en place pour mener à bien leur action de libération.

Luiza a joué un rôle déterminant dans deux rébellions d'esclaves de grande importance, la première est la « Revolta dos Malês » en 1835 ; et la seconde, la « Sabinada » de 1837 à 1838.

Sa bravoure reste l'un des symboles fort pour ces deux rébellions dans sa région.

WANGARI MAATHAI, LA FEMME DES ARBRES

Elle a été la première femme africaine à recevoir le prix Nobel de la paix pour son militantisme politique et écologique. D'origine kényane, Wangari Maathai a grandi dans un village où les petites filles étaient rarement scolarisées, mais paradoxalement, ses parents ont tout fait pour qu'elle accède à l'éducation.

C'est par le billet de cette volonté parentale qu'elle deviendra la première femme d'Afrique de l'est à obtenir une licence de biologie au Mount Saint Scholastica College à Atchison, dans le Kansas, aux Etats-Unis.

Dans les années 70, sa carrière prend une autre tournure, elle décide alors de créer un mouvement nommé « La ceinture verte », qui se popularisera lorsqu'elle décidera de planter sept arbres le jour de la terre et invitera les kenyanes de tout le pays à en faire de même.

Cette action aura permis de planter plus de trente millions d'arbres en seize ans, et lui aura value le surnom de « La femme des arbres ».

Wangari Muta Maathai deviendra connue dans le monde entier et respectée, lorsqu'elle décidera de s'opposer à la construction de la maison hors de prix du président kenyan à la source de la destruction de nombreux arbres. Toute sa vie, elle sera activiste pour la protection de l'environnement et fut emprisonnée à de nombreuses reprises à cause de son action contre les autorités en place.

Mais ces emprisonnements n'effaceront rien à son courage et à sa détermination, ces convictions étant plus importantes que sa propre vie, elle n'abdiquera jamais.

Elle avait conscience que son combat n'était pas le combat d'un petit groupe ou des membres de sa famille, mais le combat de l'humanité tout entière, c'est la raison pour laquelle elle est allée au bout de ses convictions malgré les multiples intimidations dont elle a été victime.

Son chemin de vie finira par lui ouvrir les portes du parlement kenyan en 2002 ; dans lequel elle siègera plusieurs années durant.

Elle fut conseillère honoraire au conseil pour l'avenir du monde de 2009 à sa disparition en 2011 ; aujourd'hui plusieurs années après sa disparition ; son action continue de vivre à travers la grande muraille verte qui se construit année après année par les pays au sud de Sahara qui ont finis par réaliser qu'en construisant cette muraille, ils ralentiront la progression du désert et permettront d'une certaine mesure d'offrir aux générations futures un meilleurs milieu de vie.

LA MULATRESSE SOLITUDE DE GUADELOUPE

Solitude est la fille métisse née vers 1772 d'une esclave violée par un marin sur le négrier qui la déportait aux Antilles.

Elle connaît l'abolition de l'esclavage en 1794 et lorsqu'en 1802 Napoléon Bonaparte rétablit l'esclavage en Guadeloupe ; Elle se révolte et du grand courage qui l'habite, elle rallie à l'appel de Louis Delgrès, colonel d'infanterie mutin lui-même mulâtre, et combat à ses côtés pour la liberté de son peuple.

Survivante de la bataille du 8 mai 1802 mais constituée prisonnière, enceinte, elle sera exécutée par pendaison le 29 novembre de la même année, juste au lendemain de son accouchement à l'âge de 30 ans.

Son enfant, aussitôt arraché de son sein, viendra rejoindre les biens d'un propriétaire d'esclaves et ne connaitra sa mère que par les histoires que d'autres esclaves raconteront sur la bravoure de sa mère.

HENRIETTA LACKS, L'IMMORTELLE HELA

Lorsque j'ai appris son histoire que m'a racontée une libraire du prénom de Rama, j'avoue avoir été choqué pour deux raisons. D'abord parce que j'ai trouvé inadmissible que jusque-là, je n'en avais jamais entendu parler ; mais surtout parce que j'ai réalisé à quel point certains pouvaient se permettre de souiller la dignité d'un être humain comme eux, dans le seul dessein d'arriver à leur fin.

Son nom c'est Henrietta Lacks, elle est née en Virginie du Sud, aux Etats-Unis. Cette femme que je n'ai connu que très tard, si elle était encore en vie, elle devait aujourd'hui être plus âgée que ma tendre grand-mère qui m'observe tout là-haut.

Henrietta était une Afro-americaine, cultivatrice de tabac dans les champs où des décennies avant, ses ancêtres déportés cultivaient du coton.

Henrietta est décédée d'un cancer de l'utérus en 1951 à l'âge de 31 ans, mais ses cellules prélevées à son insu, sont probablement l'un des trésors les plus précieux de la médecine et ont contribué aux plus grandes découvertes médicales modernes de l'histoire ; souillant tout de même l'éthique et la dignité de cette jeune femme.

Nous sommes en 1951, lorsque la jeune Henrietta se rend à l'hôpital Johns Hopkins pour une intervention sur une tumeur fulgurante, vu son lieu d'habitation et les tracasseries raciales de cette époque, ce centre hospitalier était l'unique structure à accepter de traiter des patients noirs et potentiellement afro-américains.

Pendant l'opération, le chirurgien a pris l'initiative de prélever un morceau de tumeur sur Henrietta sans qu'elle ne puisse être informée.

A cette époque, les chercheurs tentaient désespérément de maintenir en vie des cellules humaines en culture à des fins expérimentales et dans la plus grande discrétion.

Le chirurgien qui a prélevé ces cellules, a ensuite confié le morceau de tissu à un collègue spécialiste, qui après des tests en laboratoire, a réalisé que les cellules possédaient une particularité incroyable.

Les cellules se divisent en moyenne 40 fois au cours de leur brève vie, celles d'Henrietta continuaient de se diviser indéfiniment, sans signe de ralentissement.

C'est ainsi qu'elles devinrent la toute première lignée cellulaire; un genre de groupe de cellules qu'il est possible de cultiver et de préserver indéfiniment.

Cette lignée cellulaire permet d'expérimenter sur des cellules, sans avoir à effectuer de prélèvement sur un être humain en vie. Chez Henrietta, ces cellules étaient le fruit d'une mutation naturelle, alors que d'autres étaient artificiellement créées avec difficultés en laboratoire.

De son nom Henrietta Lacks, les scientifiques ont baptisés les cellules «HELA»; les cellules de cette jeune femme ont ensuite permis la mise au point du vaccin contre la polio, le décryptage des tumeurs et des virus, la mesure des effets de la bombe atomique, mais également le clonage, la fécondation in vitro, ou encore la thérapie génique.

Les cellules d'Henrietta ont été utilisées et sa famille n'avait jamais été consultée avant l'utilisation de ces cellules.

Ces cellules ont permis à des générations de scientifiques de faire de nombreuses expérimentations sur des cellules vivantes et ce, jusqu'à l'heure actuelle ; elles sont très utiles pour étudier les bactéries, les hormones et même les virus.

C'est la raison pour laquelle j'estime qu'Henrietta Lacks est encore en vie et qu'elle vivra encore plus longtemps qu'on ne peut l'imaginer.

Le début du 20ème siècle a été marqué par l'acharnement des chercheurs qui se succédaient dans le but de trouver un vaccin la poliomyélite. De nombreuses études avaient été menées sur des singes mais sans grand résultat.

Ce n'est qu'après la découverte des cellules de d'Henrietta qu'une solution viable vu le jour.

Dans les années 50, Jonas Salk parvient à concevoir un vaccin qui après des études poussées, contribuera à une réduction drastique des cas de polio dans le monde entier.

Si cette histoire m'a interpellé, c'est parce que je pense qu'il est nécessaire qu'on puisse, comme on le dit si bien : « rendre à César, ce qui est à César. » Ce n'est qu'une question de dignité, les êtres humains n'ont besoin que de cela pour exister.

Le monde devrait t'élever et te remercier même si c'est sans ton accord ni celui de ta famille que ces manipulations scientifiques ont été faites.

Merci mamie Henrietta pour tout ce que tu as été, mais surtout pour ce que tu continueras toujours d'être « Une héroïne ».

MARTINE OULABOU, MARTYRE DE L'EDUCATION GABONAISE

J'ai entendu son nom alors que j'étais très jeune, le jour où j'ai eu à apprendre qui elle était ; j'ai sûrement reçu ma part d'un trésor inestimable, que nous avons tous le devoir de préserver mais aussi de transmettre, de génération en génération.

Le début des années 1990 est marqué en Afrique subsaharienne par l'avènement du multipartisme. Une nouvelle forme de politique qui vient avec son tourbillon de contestations vu que désormais les peuples aspirent à quelque chose de plus grand.

Dans les pays comme le Gabon ou le parti unique est instauré depuis bien de décennies, plusieurs mouvements naissent avec comme objectif majeur, d'enfin goûter à la saveur de la démocratie.

C'est à ce moment que de nombreux foyers de tensions pro-démocratiques ont poussés la voix pour exiger de profondes réformes institutionnelles et de meilleures conditions de vie pour tous.

Des mouvements menés pour la grande majorité par des syndicats publics. Parmi ces syndicats, le Syndicat de l'Education Nationale en abrégé (SENA). Ce syndicat réclame de meilleures conditions pour les élèves et étudiants et les autres apprenants il réclame également de meilleures conditions de travail pour les enseignants.

Une situation qui s'enflamme très rapidement et engendre de violentes grèves principalement à Libreville, la capitale du Gabon dès le mois de décembre 1990.

Suite à une promesse du gouvernement, en Janvier 1991, il y a que suspension de la grève du SENA; qui reprend brutalement en Mai de l'année en cours suite au non respect des engagements pris par le gouvernement à l'endroit des enseignants.

L'année qui qui suit, précisément en Février 1992, le SENA lance une grève générale et illimitée sur toute l'étendue du territoire national.

Les manifestations atteignent leur paroxysme et le 23 mars 1992, une marche du syndicat est violemment réprimée par l'Unité Spéciale d'Intervention (USI); police anti-émeutes créée en 1991 pour contenir ce genre de manifestations.

Mais conscients que les revendications qu'ils font, sont nobles et sont en grande partie destinés à l'avenir de l'éducation dans tout le pays; les syndicalistes ne baissent pas les bras, au point ou l'événement devient une émeute très importante, et difficile à contrôler.

Les policiers finissent par prendre en tenaille les manifestants dans deux cordons de sécurité.

Sur des ordres de leurs supérieurs, ils ouvrent le feu sur les manifestants. Dans cet assaut, plusieurs enseignants furent touchés à balles réelles par le raid sanglant de la police gabonaise.

Il s'en est suivi une dispersion rapide de la foule, et on pouvait désormais voir gisant au sol. Des dizaines de blessés par balle, mais le courage et la solidarité des autres enseignants avaient poussé certains à braver la peur des armes, pour venir en aide rapidement à leurs collègues, tombés sous les balles de la police.

Deux enseignants sont grièvement blessés ; l'un à la cuisse droite, l'autre à la jambe.

Les deux enseignants blessés par balle seront rapidement conduits dans une clinique privée pour des soins en urgence.

Mais la jeune femme Martine Oulabou Mbadinga, est si gravement atteinte, que son cas nécessite un autre type d'intervention, elle sera transportée en toute urgence en ambulance à la Fondation Jeanne Ebory.

Sur son lit d'hôpital, Martine Oulabou posera un dernier regard sur les médecins qui tentent vainement de lui sauver la vie, près de ses collègues venus soutenir cet effort médical.

La courageuse et brave enseignante et militante Martine Oulabou succombera de ses blessures un peu après 10 heures.

Martine Oulabou n'avait que 33 ans, elle s'était engagée pour une meilleure Ecole gabonaise et y perdit la vie ; laissant à la fois sa famille biologique, sa famille syndicaliste et ses élèves complètement meurtries.

Martine Oulabou était une enseignante à l'école publique de la Sorbonne de Libreville, et elle tenait une classe de CE1.

La date du lundi 23 mars 1992, était son dernier jour sur terre; alors qu'au petit matin elle s'était rendue au centre-ville pour participer à une manifestation pacifique organisée par le SENA, ce puissant syndicat dont elle était leader.

Martine Oulabou a perdue sa vie en se battant pour l'amélioration des conditions d'apprentissage et d'études de la jeunesse gabonaise. Sa mort a été l'élément déclencheur de plusieurs réformes et mesures prises et enfin respectée par l'Etat.

Au point ou les année d'après ont été marquées par plusieurs construction d'écoles, de collèges et lycées dans tout le pays, ainsi que la réfection de plusieurs établissements construit bien avant.

De nombreux changements ont aussi vu le jour dans le système académique pour le rendre plus performant et compétitif; d'ailleurs la majeure partie des écoles publiques du Gabon a été construite à la suite de ces événements.

La plupart des bâtiments scolaires que nous avons aujourd'hui au Gabon, datent de cette époque.

En 2007, le président a décrété la date du 23 Mars comme « la journée nationale de l'enseignant » ; et près du lieu où le sang de Martine Oulabou a coulé, il y a depuis plusieurs années une école publique qui porte le nom « Martine Oulabou ».

Plusieurs artistes lui ont rendu hommage dans leurs œuvres pour remercier le combat de cette héroïne qui a donnée sa vie pour l'avenir de l'éducation Gabon.

Aujourd'hui encore, Martine Oulabou reste le plus beau symbole de dignité de la jeunesse gabonaise et même plus.

« Ce qui m'attire chez MARTINE
C'est que son nom rime avec MARTYR
Peut-être que son rôle était de LUTTER
Pour un jour, devenir une QUEEN… »

Kemit

ARCTIVISM

Depuis près de dix ans, Elom Vince (20ce), rappeur togolais qui se définit comme un Arctiviste (« artiste » et « activiste ») partisan d'une Afrique unie et riche de toutes ses diversités, mène un combat noble à travers le continent et sa diaspora. Son combat vise à reconnecter les africains à eux-mêmes à travers des rencontres à la fois instructives et festives. Durant ces rencontres, il est organisé des projections, des conférences et des performances artistiques (art urbain) ; chaque édition porte sur un héros ou une héroïne de l'histoire africaine et de sa diaspora. Voici quelques visuels des évènements organisés sur des Queens.

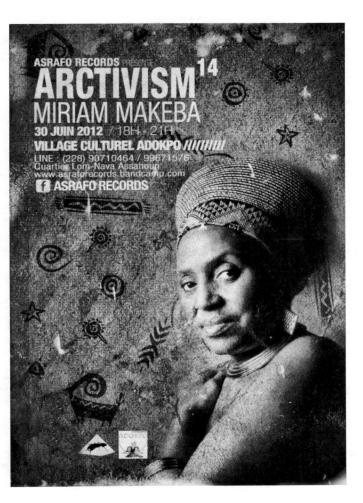

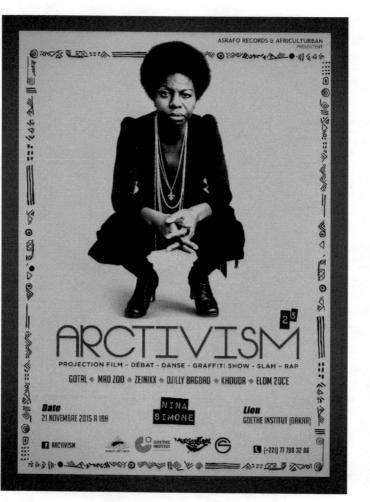

ŒUVRE REALISEE A DAKAR « AU MONUMENT DE LA RENAISSANCE AFRICAINE » PAR L'ARTISTE GRAFFEUR ET ACTIVISTE MADZOO TRK, MEMBRE DU COLLECTIF RBS CREW DE DAKAR AU SENEGAL. ŒUVRE REALISEE POUR L'EDITION DAKAROISE DE « ARCTIVISM » DEDIEE A WINNIE MANDELA

BIOGRAPHIES COMPLÈTES DES PARTICIPANTS :

CHARITY CLAY est née et a grandi à Minneapolis, dans le Minnesota. Elle a grandi dans une famille pro-noire qui lui a permis de connaître son histoire et la beauté de sa culture. À cause de cela, elle s'est toujours sentie renforcée par les histoires des femmes noires qu'elle a entendues et lues. En vieillissant, elle a commencé à s'intéresser à l'éducation et à l'athlétisme et a obtenu une bourse d'études D1 Basketball. Après avoir été transférée à l'université De Paul pour poursuivre ses études, elle a obtenu son baccalauréat avec une double spécialisation en comptabilité et politique publique.

Après cela, elle a commencé son doctorat à la Texas A & M University. Au cours de cette période, elle a également commencé à se produire en tant qu'artiste hiphop avec une musique à conscience sociale destinée à responsabiliser et à inspirer le public.

Après avoir terminé sa maîtrise, elle a déménagé à Oakland où elle est devenue conseillère jeunesse tout en terminant son doctorat. Après avoir terminé son doctorat en 2014, elle a commencé à travailler au Merritt College d'Oakland en tant que professeure de sociologie et coordinatrice de programme pendant quatre ans. Au cours de cette période, elle s'est également produite régulièrement en tant qu'artiste hip hop et a animé de nombreux ateliers pour les jeunes, utilisant le hiphop pour responsabiliser les filles noires et autres jeunes marginalisés.

Après avoir été nommée à Merritt, elle a déménagé à la Nouvelle-Orléans où elle est actuellement professeure adjointe de sociologie et responsable de la concentration en crime et justice sociale à la Xavier University of Louisiana.

SIMON KOUKA est un Artiste rappeur sénégalais, producteur et directeur général du label Jolof 4 life (99 records.sn) ; membre fondateur du mouvement y'en a marre ; directeur artistique de l'Embassy Youth Council de l'ambassade des Etats Unis à Dakar

WAAMEEKA SAMUEL- AHEVONDERAE was born in Brooklyn, New York. She graduated from Howard University She is passionate about Pan Africanism, soca, and carnival.

Originaire de Dakar, **Ndeye Filly Mouthout Gueye**, principalement connue de ses pairs sous le nom de

Filly Gueye, a grandi entre le Sénégal et Los Angeles. Filly a poursuivi ses études de premier cycle à la Morgan State University (Université historiquement noire) avec un diplôme en sciences de l'administration des affaires.

Filly a commencé sa carrière dans la performance son rôle dans Amistad de Steven Spielberg et Debbie Allen, dans la pièce de théâtre de Broadway, The Chocolate Nutcracker. À un jeune âge, elle s'est lancée dans l'exploration de sa passion de la danse. Filly était membre de la danse à l'Universal Dance Design à Los Angeles où elle a remporté plusieurs concours de danse. Filly poursuivit sa carrière de danseuse, 7 ans plus tard, en devenant assistante chorégraphe pour les comédies musicales de son école secondaire, en mettant en scène et en prenant davantage de cours de danse au niveau collégial pour une formation technique en danse moderne, appuyez et jazz.

Au cours de ses années à la Morgan State University, Filly a interprété quelques pièces modernes en plus de faire partie de Nazu & Co (Compagnie de danse ivoirienne). Filly a chorégraphié et coproduit des productions théâtrales et des courts métrages au cours de ses 5 années de collaboration avec l'Agence de développement de la jeunesse Sunu Thiossane, tout en assumant le rôle de responsable de la communication et du projet. Elle s'est aventurée dans le monde associatif et de l'éducation en devenant directrice du programme d'activités après l'école pour la Fondation pour le sport et l'art à l'école et a également acquis une expérience du travail humanitaire avec ChildFund International au niveau régional. À son retour à Los Angeles, elle a travaillé en tant que coordonnatrice adjointe du directeur du département par intérim de la New York Film Academy.

Filly aspire à ouvrir une académie des arts de la scène au Sénégal, d'où son implication totale dans des activités de production et de conservation avec des sociétés internationales telles que Waru Productions, Sunu Thiossane YDA, Style N Graffiti et des artistes visuels et créatifs.

AMINA SECK est née à Dakar. Elle est diplômée en Marketing et Communication. Passionnée de lecture et de culture depuis son jeune âge, elle signe ici son premier roman. Dans ce récit à la fois palpant et sentimental, la femme est omniprésente dans sa double posture sociale et psychologique.

Meta Diakhaby : Activiste et Blogueuse franco-sénégalaise (Paris, France).

BIBLIOGRAPHIE

Ce livre est le fruit de plusieurs rencontres, de plusieurs lectures, de plusieurs découvertes, de plusieurs échanges, de plusieurs voyages et de plusieurs émotions.

Un long périple qui date de plusieurs années, entre tous les livres qui sont passés entre mes mains, les films, les bandes dessinées, ma musique, les contes, les pièces de théâtre, les comédies musicales, le chant des griots, les musiques traditionnelles et autre, parfois depuis une époque très lointaine, avant même que je ne décide de prendre la plume.

« Martyr Luther Queens » est un livre écrit avec le cœur, à un moment où le cœur et la raison marchaient main dans la main. C'est la raison pour laquelle citer des passages du livre me semble très limité, mais puisqu'il est nécessaire de donner des sources, en voici quelques unes :

Livres

- Nations Negres et Cultures : Cheikh Anta Diop

- L'Afrique dans la philosophie : Yoporeka Somet
- Mes étoiles noires : Lilian Thuram
- Wagrin : Amadou Hampaté Ba

Documents :

- L'histoire de l'Égypte Pharaonique
- Les royaumes d'Afrique
- Black Panther Party
- Les reines d'Afrique
- Le féminisme noir
- Les résistances féminines à la traite
- Mama Africa

Films :

- Sarafina
- Nina Simone
- Les Amazones
- Black Panther Party

TABLE DES MATIÈRES

PRÉFACE 11

KEMIT "MARTYR LUTHER QUEENS" FEAT THANDO 17

LA SOUVERAINE BAOULÉE ABLA POKOU 20

LA BRAVE ALINE SITOE DIATTA 24

NEHANDA NYAKASIKANA, LA PRETRESSE GUERRIERE 32

WOMAN WHO BECAME SOJOURNER TRUTH 37

NANDI 46

FUNMILAYO RANSOME KUTI, ET LES DROITS DES FEMMES 54

WINNIE MADIKIZELA-MANDELA, LA MERE DE LA NATION 59

ROSA PARKS, ASSISE POUR QUE NOUS PUISSIONS NOUS LEVER 72

ANGELA DAVIS 81

KIMPA VITA, « JEANNE D'ARC DU KONGO » 87

SAWTCHE, LA « VENUS NOIRE » 92

WE ARE DIVINE 104

ASSATA OLUGBALA SHAKUR 105

BETTY SHABAZZ 111

NANNY DES MARRONS 115

NEFERTITI	122
MAKEDA, REINE DE SHEBA	126
MIRIAM MAKEBA, MAMA AFRICA	131
MARIAMA BA	137
MAYA ANGELOU, LA POETESSE MILITANTE	142
LA DIVA NINA SIMONE	150
NDATE YALA MBODJ	158
LE SACRIFICE DES FEMMES DE NDER	161
NZINGA, LA REINE DU MATAMBA	165
LES AMAZONES DU DAHOMEY, UNE ARMEE DE FEMMES AU SERVICE D'UN ROYAUME	169
AOUA KEÏTA, LA SAGE-FEMME ET MILITANTE	177
LUIZA MAHIN, LA STRATEGE INFAILLIBLE	180
WANGARI MAATHAI, LA FEMME DES ARBRES	182
LA MULATRESSE SOLITUDE DE GUADELOUPE	185
HENRIETTA LACKS, L'IMMORTELLE HELA	187
MARTINE OULABOU, MARTYRE DE L'EDUCATION GABONAISE	193
ARCTIVISM	200
BIBLIOGRAPHIE	211